Vom Nichtstun
und Bleibenlassen

FÜNFMINUTENGESCHICHTEN

Brit Gloss

Vom Nichtstun und Bleibenlassen

FÜNFMINUTENGESCHICHTEN

saxophon

Inhalt

Schall und Rauch

»**S**carlett?«

Überrascht halte ich vor dem Regal mit den Bio-Bananen inne. Die Rufende ist eine adrett gekleidete, aufwendig frisierte Dame um die fünfzig.

Scarlett? Am Samstagmorgen kurz vor halb neun im Supermarkt? Um diese Zeit drehe ich mich normalerweise im Bett noch mal um, zwinkere dem Tag zu – und bleibe liegen. Doch für heute hat sich Besuch angekündigt. Zum Mittagessen. Da sich aus den Resten im Kühlschrank nichts Vorsetzbares zaubern lässt, heißt das für mich einkaufen zu nachtschlafender Stunde. Jetzt allerdings frage ich mich, ob sich das frühe Aufstehen am Ende doch gelohnt haben könnte. Neugierig schaue ich mich um. Nach Scarlett.

Für einen Moment läuft der Film in der Obst- und Gemüse-abteilung des Marktes in Zeitlupe weiter. Gesichter schweben an mir vorbei, alte und junge, muntere und verbrauchte, gut und weniger gut gelaunte. Und dann entdecke ich sie: Scarlett.

Und Scarlett hält, was ihr Name verspricht: Das Haar ist locker-lässig hochgesteckt, als wäre es ohne Kamm und Spiegel ausgekommen. Ich bin mir jedoch sicher, hier wurde keine einzige Strähne dem Zufall überlassen. Das Make up liegt wie ein Hauch auf ihrer Haut, die Kleidung ist teuer-leger. Ich ahne, dass sie für diesen natürlich-frischen Auftritt zwischen Bananen, Grünkohl und Frühkartoffeln bereits seit sechs Uhr auf den Beinen sein muss. Scarlett ist eine Verpflichtung. Nicht auszudenken, wenn jemand dieses Namens ungeschminkt, mit fettigen Haaren und in Schlabberhose durch den Markt trampeln würde. Ich sehe Scarlett – und zum ersten Mal freue ich mich still über meinen Vornamen.

Vier Buchstaben, der erste ein B. Klingt wie ein Lösungsversuch für zwölf senkrecht im Kreuzworträtsel. Es ist mein Vorname: Brit. Auch Rufname genannt. Wobei es mit dem Rufen so eine Sache ist. Rufen Sie mal »Brit!«. Kaum angefangen, schon zu Ende. Als Kind kam mir das häufig gelegen. Vor allem dann, wenn mich meine Mutter vom Spielen im Hof zum Essen rief. Meine Freundinnen Simone, Claudia und Ulrike saßen alle schon längst am heimischen Esstisch, nur ich nahm mir alle Zeit der Welt für ein paar Extrarunden am nun freien Klettergerüst. »Hab ich gar nicht gehört«, stellte ich mich später ahnungslos, wenn meine Mutter bereits direkt vor mir auf dem Spielplatz stand. Dabei waberte mein unterdrücktes Grinsen durch den Satz wie eine Nebelbank. Aber das ist lange her. Seitdem hadere ich ab und an mit meinem Namen.

Hadern hätte an dieser Stelle genügen können. Wozu Salz in eine Wunde streuen, die eh nicht zu schließen ist? Mein Vorname wird mich, ganz gleich ob er mir nun gefällt oder nicht, bis ans Ende meiner Tage begleiten. Umso mehr frage ich mich, was um alles in der Welt mich dazu bringt, über jenen auch noch zu recherchieren. Liegt es am Wetter? An der Kaltfront, die schon zu lange über uns ausharrt? Am Namen des Tiefdruckgebiets? An der Mischung aus Grau und einer Nuance von Dunkelgrau vor den Fenstern?

Es ist mittlerweile Sonntag, kurz nach Mittag. Die soeben verspeiste Rinderroulade hat sich samt Rotkohl und Klößen gleichmäßig im Magen verteilt und zieht an meinen Augenlidern. Ich könnte der Müdigkeit nachgeben. Schlimm wäre es nicht, die Augen auch mal länger als für ein Nickerchen zu schließen. Ich könnte auch ein Buch lesen. Oder auf dem Sofa liegen und mich gepflegt der Langeweile hingeben. Stattdessen nehme ich mir meinen Laptop, weil mir zwischen Nachtisch und Espresso das Thema Namensforschung in den Sinn gekommen ist. Das explosive Etwas aus tristem Wetter und defizitären sozialen Kontakten sucht nach Wegen, sich zu entladen

Eine Frage jedoch hätte mich von meinem Plan möglicherweise abbringen können: Was mag bei vier Buchstaben, die nicht zu den leichtesten und gewiss auch nicht zu den beliebtesten im deutschen Alphabet zählen, wohl herauskommen? Ich meine, an positiven, aufbauenden Ergebnissen? Leider habe ich mir die Frage nicht gestellt. Stattdessen tippe ich, ohne groß nachzudenken, meinen Vornamen und das Wort Namensdeutung in die Suchmaske und erhalte nur einen Bruchteil später gut eintausend Ergebnisse. Spätestens jetzt müsste ich beleidigt ablassen vom Recherchieren. Schließlich haben Gott weiß was für sinnentleerte Suchen gern mal über eine halbe Million Ergebnisse. Ich hingegen bekomme gerade einmal tausend? Schön, Google, vielen Dank auch!

Zumindest der erste Satz in der Ergebnisanzeige stimmt mich erst einmal freundlich, soll mich vermutlich anfüttern für das dicke Ende, das noch kommt: In den 1960er- und 1970er-Jahren wurden in Deutschland viele Mädchen Brit genannt. Die Zeiten scheinen allerdings lange vorbei zu sein.

Denn dank hübscher Zahlen weiß ich wenig später: Kaum einer klickt bei Brit »gefällt mir«; heutzutage heißt kein Mitschüler mehr so; auf der Liste der hundert beliebtesten Namen taucht er nicht einmal auf. Hundert Namen? Die ersten zehn zu nennen, hätte doch locker gereicht. Dann hätte ich mich in dem Glauben wiegen können, ich stünde auf Platz 12. Nur so als Beispiel.

Stattdessen erfahre ich: Bei der User-Bewertung auf einer Beliebtheitsskala von 0 bis 10 erhalte ich mit »Brit« 3,5 Punkte. In Schulnoten übersetzt ist das wohl ein »mangelhaft«. Und überhaupt. Wer vergibt denn halbe Punkte? Also, der Namensanfang gefällt mir – so bis »r«, dann aber nicht mehr?

Auch die Suche nach berühmten Persönlichkeiten der Weltgeschichte mit diesem Namen bleibt nahezu erfolglos. Ist das ein Zeichen? Bin ich mit meinem Namen auf Misserfolg programmiert? Oder ist es vielmehr ein mahnendes Signal, das Zepter endlich selbst in die Hand zu nehmen und die erste weltweit bekannte Brit zu werden? Leider scheiden auf meiner Karriereleiter so klassische Erfolgsfelder wie Medizin, Physik, Chemie oder Sport schon mal aus: Blut konnte ich als Kind schon nicht sehen, Physik und Chemie bleiben mir bis zum heutigen Tag ein Buch mit mindestens sieben Siegeln. Im Sportlichen war ich zwar als Kind ganz gut, doch in welcher Sportart soll es denn nun um die fünfzig noch für einen Weltrekord reichen?

Ich lese weiter: »Die aktuelle Wahrscheinlichkeit, dass sich in einer dreißigköpfigen Klasse oder Kindergartengruppe mindestens zwei Kinder mit dem Namen Brit befinden, beträgt deutlich unter 0,3 Prozent.« Deutlich unter 0,3 Prozent? Wahrscheinlichkeitsrechnung hat mir früher meist Spaß gemacht. Aber ich kann mich an kein Rechenergebnis in unzähligen Jahren Schule erinnern, welches »deutlich unter 0,3 Prozent« lag. Und jetzt also ausgerechnet in Bezug auf meinen Namen? Geht's eigentlich noch?

Es ist so schon schwer genug mit einem Namen, der, kaum hat man begonnen ihn auszusprechen, auch schon wieder zu Ende ist. Sozusagen in 0,3 Prozent der Zeit. Wenn ich mich zu Beginn von Gesprächen vorstelle, kann ich im Gesicht meines Gegenübers nicht selten das Fragezeichen sehen: Hat sie ihren Namen jetzt schon gesagt? Es ist eher ein Luftzug, ein Hauch, als der Klang eines Namens, der im Raum hängenbleibt.

In meinen früheren Urlauben im osteuropäischen Ausland wurde Brit so gut wie nie verstanden. Beim ersten Mal prinzipiell nicht, und nach der dritten Nachfrage wurde nur aus Höflichkeit genickt. Obwohl ihn immer noch keiner wirklich verstanden hatte, geschweige denn nachsprechen konnte.

Einem großen dunkelhaarigen Miróslav am Strand von Warna habe ich es zu verdanken, dass ich doch noch anfing, meinen Namen ein bisschen zu mögen. Miróslav war der Erste, der »Brit« nicht nur verstand. Er konnte ihn auch mit einer so hinreißenden Betonung aussprechen ... Ach, Miró.

Ein Schönheitsfehler bleibt dennoch: Ob liebevolle Betonung oder Streit, Brit klingt letztlich immer gleich kurz. Haben Sie sich hingegen schon mal mit einem Giovanni gestritten? Dem kann man im ersten Teil des Satzes vielleicht noch böse sein. Aber allerspätestens wenn man »Giovanni« ausgesprochen hat, ist der Spuk vorbei. Giovanni. Das klingt wie Crème brûlée mit einer schönen

Tasse Espresso. Kein Grund, sich aufzuregen. »Brit« indessen? Ehrlich? Ich bin mir öfter böse, als mir lieb ist.

Wieso sind solche kurzen Vornamen überhaupt erlaubt? Selbst das Passwort fürs eigene Konto oder irgendein Online-Spiel muss mindestens acht Zeichen lang sein. Sicher, auf Sonderzeichen kann ich in meinem Namen gut und gern verzichten. Ein paar Buchstaben mehr dürften es indes schon sein. Ob ich bei Maren Gilzer, der Buchstabenfee, einfach mal zwei »e«, ein »a« und ein »l« kaufe?

Alles Schall und Rauch, meinen Sie? Sie haben gut reden. Einen unschlagbaren Vorteil hat mein Vorname allerdings: Ich kann am Samstagmorgen süße eineinhalb Stunden länger liegen bleiben, während Scarlett bereits an der Hochsteckfrisur arbeitet.

Aufgewacht

» **E**in guter Tag fängt morgens an«, steht in dunkelblauer Schreib-schrift an meiner Pinnwand im Schlafzimmer. »Ein beschissener allerdings auch«, denke ich mit fassungslosem Blick auf meinen Wecker.

Seine digitalen Zahlen haben mir soeben die unglaublich späte Stunde verraten: 8.55 Uhr. Ich habe einen Wecker, der nicht weckt. Jedenfalls nicht mich, jedenfalls nicht heute. Ich habe verschlafen. Nicht nur ein bisschen, sondern exakt eine Stunde und fünfund-fünfzig Minuten. Mein erster Termin beginnt in fünf Minuten. Mit traumwandlerischer Sicherheit ohne mich. Zumal ich von den verbleibenden fünf Minuten gut zwei brauche, bis die von den Augen erspähte Uhrzeit zu meinem Großhirn durchgedrungen ist. Und noch einmal dieselbe Zeit, bis das Großhirn sendet, wofür es jetzt alles zu spät ist: zum Duschen, zum Haarewaschen, zum Frühstücken, zum Radfahren ins Büro. Und für meinen ersten Termin. Ich lasse mich in die Kissen sinken. Am liebsten würde ich dem Tag ein »Du kannst mich mal!« hinterlassen, mir die Decke über den Kopf ziehen und es in 22 Stunden und 5 Minuten noch einmal probieren.

Wie auf Kommando beginnt mein Wecker zu piepen. 9 Uhr. Keine Ahnung, welche Macht des Unterbewusstseins mich am gestrigen Abend beim Einstellen der Weckzeit geleitet hat. Heute ist die Macht freilich nicht mit mir. Obwohl ich mich immerhin angenehm ausgeschlafen fühle. Vielleicht werden Funkwecker ja auch von guten Freunden, besorgten Nachbarn oder der Krankenkasse ferngesteuert, wenn ein gewisses Maß an Schlafmangel erreicht ist? Ich bin definitiv über dem duldbaren Maß an Mangel; einer bunten Mischung aus langen Kneipengesprächen, strahlendem Vollmond und spannender Sofalektüre sei Dank. Gut möglich, dass mir die am Wochenende staatlich verordnete Umstellung auf Sommerzeit den Mangel-Rest gegeben hat.

Nun liege ich hier und weiß vor lauter Schreck nicht, wen ich zuerst anrufen soll: die Kollegen im Büro? Den versetzten Gesprächspartner? Oder gleich den Pizzadienst? Weil das Mittagessen, wenn ich meine Gedanken weiter Karussell fahren lasse, gar nicht mehr so lang hin ist?

Fürs Erste erübrigt sich die Frage. Mein Blick auf Handy und Festnetz verrät: Bei beiden ist der Akku leer. Das Ladekabel fürs Handy? Brauche ich gar nicht erst zu suchen; mir ist gestern Abend schon eingefallen, wo ich es hingelegt habe: sauber aufgerollt neben meinen PC. Den PC, der in meinem Büro steht. Der Tag legt in der Kürze der Zeit ein ordentliches Tempo vor, um in die Galerie der »Negativen der Woche«, vielleicht auch gleich »des Monats« aufgenommen zu werden.

Was macht man mit so einem Morgen? An so einem Morgen? Sportlich nehmen kann ich ihn nicht, fürs morgendliche Yoga oder Radfahren fehlt mir die Zeit. Mir bereits kurz nach dem nicht eingenommenen Frühstück einen Schnaps zu genehmigen, könnte womöglich die nächsten dreißig Minuten erträglicher machen, dann allerdings würde der Rest des Tages mit voller Wucht zuschlagen. Einfach über ihn lachen? Witzig, ich bin zu spät. Und keiner weiß es. Weil ich es mit Akku-leer keinem erzählen kann. Wirklich lustig.

Mittlerweile ist es zehn nach neun. Widerwillig entscheide ich mich fürs Aufstehen. Als ich automatisch meinen linken Fuß auf den Boden setze, zucke ich zurück: Bin ich etwa gerade dabei, mit dem falschen Fuß aufzustehen? Aber hoppla!, schalten sich die ersten aktiven kleinen Grauen ein, diese Frage kannst du dir heute nun wirklich schenken! Stimmt, ich bin ja bereits bestens auf

Misserfolg programmiert – ganz gleich ob von links oder von rechts kommend.

Ich gehe in die Küche und blättere meiner morgendlichen Routine folgend das gestrige Kalenderblatt um. Ich weiß, die Zeit ist knapp. Aber ich habe trotz oder genau wegen des Zeitdrucks immer noch keinen Plan, also tut mein Körper im Autopilot-Modus das, was er morgens immer tut. Jetzt also umblättern.

In leuchtendem Orange steht auf zartgelbem Grund: »Schenk dem Leben nicht mehr Tage, sondern dem Tag mehr Leben.« Das ist der Moment, da endlich mal einer »Verstehen Sie Spaß?« rufen sollte. Doch es bleibt still. Ich habe es befürchtet. Es ist kein Spaß. Es ist mehr so Leben am Limit.

Also wird es dringend Zeit für einen Plan B, denn für Plan A war es ja kurz vor neun schon zu spät: Ich muss jetzt endlich meine Siebensachen zusammensammeln und sehen, dass ich auf schnellstem Weg ins Büro komme.

Ich steige in Bestzeit in meine Klamotten von gestern, spritze mir zwei Hände voll Wasser ins Gesicht, putze mir die Zähne in leider deutlich unter drei Minuten, schicke in Gedanken eine kleine Entschuldigung an meinen Zahnarzt, fahre mir mit den Händen durch die Haare und verteile eine Brise Haarspray darüber. Wenn ich mir unterwegs an den sicher reichlich roten Ampeln noch ein bisschen auf die Wangen klopfe, sehe ich vielleicht auch aus wie geschminkt, denn für Rouge ist jetzt wirklich keine Zeit mehr.

Im Flur schnappe ich mir Jacke, Tuch und Tasche und jage die Treppe hinunter. Unten angekommen bin ich regelrecht überrascht, dass ich auch den Autoschlüssel im ersten Anlauf in meiner Tasche finde. Die Fahrt ins Büro läuft erstaunlich rund. Ich habe nicht zu viel, aber immerhin ausreichend Zeit, meinen Wangen etwas Farbe einzuhauchen, und erreiche ohne Schäden an Blech und Körper gut zwanzig Minuten später das Ziel des Morgens. Nicht gerade in Rekordzeit. Heute jedoch heil anzukommen, verbuche ich tatsächlich als kleinen Etappensieg. Vielleicht ist der Tag ja doch noch zu retten?!

Leicht verschwitzt drücke ich wenig später die Türklinke zu unserem Großraumbüro herunter. Ein fröhliches »Guten Morgen!«

schallt mir entgegen, dicht gefolgt von der Frage meiner Kollegin: »Hat dich Herr Küchenmeister erreicht? Er schafft es nicht pünktlich zu eurem Termin. Hat verschlafen und sagt, es tut ihm leid. Er kommt, so schnell er kann.«

Grinsend lasse ich mich auf meinen Bürostuhl fallen, drücke den Power-Knopf meines PCs und sehe ihm stumm beim Hochfahren zu. In der Zwischenzeit hole ich die verpassten Atemzüge der vergangenen dreißig Minuten nach und fahre dabei sanft gedanklich herunter.

»Ein guter Tag fängt morgens an.« Mag sein. Es sei denn, er hat verschlafen. Dann ist es Zeit für Plan B: »Es ist nie zu spät für einen guten Tag.«

Hingelegt

Mit einem leisen Ächzen legt sich der alte Birnbaum wie in Zeitlupe nieder. So, als wäre er müde vom zu langen Stehen in unserem Hof. Der Baum fällt weich: Er begräbt unter sich unseren dunkelblauen Volvo samt meinen Inlineskates, den Nordic-Walking-Stöcken und unserer Picknickdecke im Kofferraum. Ich blicke genau in diesem Moment aus dem Balkonfenster unserer Wohnung im zweiten Stock und schaue ungläubig auf das dichte Astwerk, an dem auch jetzt noch verblasst das Laub vergangener Herbsttage hängt.

»Das Laufen werde ich morgen früh wohl ausfallen lassen, nun, da an die Stöcke kein Rankommen ist«, schießt es mir durch den Kopf. Ist es nicht interessant, mit welch elementaren Dingen des Lebens sich mein Hirn beschäftigt, um von den vor mir liegenden Tatsachen abzulenken?

Draußen tobt der Wintersturm in der Zwischenzeit mit unverminderter Kraft weiter über Dächer, Straßen und Bäume, zerrt an Balkonkästen, Gerüstverkleidungen und Straßenschildern. An diesem Abend entwurzelt er allein in unserem beschaulichen Kiez vier Bäume, bringt zahllose Dachschindeln zu Fall und treibt herrenlose Planen vor sich her. Wüsste ich es nicht besser, ich würde meinen, er will es allein mir beweisen: Es ist gerade einmal drei Stunden her, dass ich meinem sechsjährigen Sohn angesichts des immer stärker werdenden Sturmes versicherte: »So leicht kippen Bäume nicht um.« In meiner Stimme schwang das Versprechen mit.

Angesichts der vor mir liegenden Birne werde ich meinen Satz wohl oder übel korrigieren müssen. Naheliegend wäre: »So schnell kann's gehen.« Ich möchte mir im Moment gar nicht vorstellen, was in dem kleinen Kopf vor sich geht, wenn er das hier zu sehen bekommt. Gut möglich, dass er mir in Zukunft einfach keine Fragen mehr stellt. Jedenfalls keine, bei denen es ans Eingemachte gehen könnte. Auf meine Antworten wäre ohnehin kein Verlass. Ich habe eine Nacht lang Zeit, mir die passenden Sätze zurechtzulegen, denn der kleine Mann schläft trotz Windstärke elf vor der Tür längst tief und fest.

Als sich eine halbe Stunde später der Sturm etwas legt, fasse ich die Ereignisse des Abends für mich zusammen: Ein Baum, der mir nicht gehört, liegt auf meinem Auto, das nun nicht mehr rollt. Ich will mich gedanklich gerade weiterwagen und fragen, was das eigentlich konkret heißt, komme allerdings nicht dazu.

Das Martinshorn der Feuerwehr tönt erneut durch die Dunkelheit wie schon unzählige Male an diesem Abend. Doch diesmal wird es lauter und lauter, bis sich ein Einsatzwagen durch unsere enge Straße schiebt und direkt vor unserem Haus zum Stehen kommt. Das Blaulicht zuckt unruhig über die Fassaden der Häuser und taucht unsere Wohnstube in bizarres Licht. Komisch. Ich habe sie nicht gerufen. Vielleicht ja der Baum? Weil er weiß, liegen kann er hier nicht bleiben?

Aus dem Kinderzimmer höre ich ein Rufen. Scheinbar habe ich an diesem Abend nicht nur die Standfestigkeit mancher Bäume, sondern auch den Tiefschlaf meines Sohnes falsch eingeschätzt. Fassungslos nimmt er wenig später zur Kenntnis, dass da ein Baum auf unserem Auto liegt. Und als wäre das noch nicht aufregend genug, steht auch noch die Feuerwehr vor der Tür. Verständlicherweise gibt es jetzt im Bett für ihn kein Halten mehr. Keine fünf Minuten später steckt er mitsamt Schlafanzug in seinem Schneeanzug, die Winterstiefel an den noch nachtwarmen Füßen, und ist gemeinsam mit mir auf dem Weg in den Hof.

Von hier unten sieht der Baum eher aus wie ein riesiges Tier im Winterschlaf. Fast bin ich geneigt, der Birne zuzurufen: »Es wird alles gut!« Doch ich weiß mittlerweile, mit meinen Versprechungen sollte ich vorsichtig sein. Also gehe ich direkt auf die drei Männer der Feuerwehr zu, die inzwischen unser Grundstück betreten haben, Helme und Motorsägen im Anschlag.

Stumm staunend steht mein Sohn in dieser kalten Januarnacht neben mir und blickt mit großen Augen auf die Helden seiner kindlichen Träume.

Es ist der Moment, da auch ich eine Ahnung bekomme, warum Feuerwehrmänner im Berufe-Ranking Jahr für Jahr die Nase vorn haben und Manager, Schornsteinfeger, ja selbst die Götter in Weiß alt aussehen lassen: Es ist noch kein Wort zwischen uns gefallen, auch die Motorsägen sind noch still, doch diese drei umhüllt das Versprechen wie eine Aura: »Jetzt sind wir da. Alles wird gut.« Mein Sohn hat es sowieso nie bezweifelt. Und ich glaube, die Birne spürt es ebenso wie ich.

Fast bin ich ein wenig traurig, dass die Gefahr schon vorüber ist, der Baum liegt ja bereits. Ich hätte es mir schön vorgestellt, mich auf den starken Armen des Einsatzleiters aus der Gefahrenzone tragen zu lassen. So aber bleibt mir nur der verbale Austausch mit dem Mann in Dunkelblau.

»Na, das war ja echt mit Ansage«, meint der wenig später, während seine Hand sanft über die morsche Bruchstelle des zirka dreißig Jahre alten Baumes fährt.

Mit Ansage?, frage ich mich. Hatte die gute alte Birne zu mir gesprochen? Hatte ich meinem Freund dem Baum einfach nicht richtig zugehört? Hätte ich seine aus acht Metern Höhe fallen gelassenen harten Früchte liebevoll einkochen müssen? Auch auf die Gefahr hin, sie vier Jahre später im eingestaubten, ungeöffneten Glas eh wieder zu entsorgen? Nun liegt er da. Für ein Gespräch ist es jetzt wohl zu spät. Am liebsten würde ich ihm noch ein letztes Mal entschuldigend über die raue Borke streichen. Doch hinter mir beginnen die Motorsägen zu surren. Höchste Zeit, Abstand zu nehmen.

Eine halbe Stunde später ist der Baum in handliche Stücke zerlegt, unser Auto liegt frei. Der Krater, den die Birne schräg in Motorhaube, Dach und Kofferraum hinterlassen hat, sieht aus, als hätte Gerhard Schönes »Riese Glombatsch aus Bibabombatsch« mit seinen siebzehn Metern neunzig eben mal mit der Handkante zugelangt. Armer Volvo. Einen Moment weiß ich nicht, wen ich eigentlich zuerst trösten soll: Meinen Sohn? Das Auto? Die Birne? Oder vielleicht doch erst mich?

Immerhin, mein Sohn ist vollauf beschäftigt, wie ich überrascht feststelle. Er trägt einen deutlich zu großen Helm auf dem Kopf und stiefelt soeben Hand in Hand mit einem der Feuerwehrleute in Richtung knallroter Einsatzwagen. Dort lässt er sich nicht zweimal bitten und nimmt auf dem Fahrersitz Platz. Von wegen »Geh nicht mit Fremden mit« – Seite an Seite mit einem Helden der Nacht scheint das jedenfalls nicht zu gelten. Aus seinen Augen sprühen die Begeisterung und das ungläubige Staunen über das, was hier gerade vor sich geht. Obwohl er sich doch vor mehr als drei Stunden schon ins Traumland verabschiedet hatte.

Der Einsatzleiter lächelt mir aufmunternd zu, drückt mir kurzerhand seinen Helm in die Hand und meint mit Blick in Richtung Sohn: »Zeit für den Beifahrerplatz!«

Ich lasse los von allen Gedanken an Sturm, Birne und Volvo, stülpe mir den Helm über und schwinge mich neben meinen Kurzen auf den Sitz. Mit einem Strahlen blickt er zu mir, nur um kurz darauf bereits weitere imaginäre Einsätze per Funk entgegenzunehmen. Eine gute halbe Stunde später ist der ganze Spuk vorbei – zumindest für uns. Unsere Helden hingegen sind längst auf dem Weg zum nächsten Notruf.

Unser Sofa empfängt uns mit Kissen und Kuscheldecke; die Stube hat noch Restwärme vom Abend zwischen den Wänden. Erschöpft und vollgepumpt mit Adrenalin lassen wir uns in die Polster sinken. Wir erzählen uns von der Birne, dem Volvo und den Männern in Blau. Es braucht bis weit nach Mitternacht, bis wir bereit sind für unsere Betten.

Die Nacht ist längst Geschichte. Unzählige weitere Stürme sind über die Stadt und unseren Kiez getobt. Da, wo die Birne einst stand, wurzelt jetzt ein Pflaumenbaum. Manchmal stelle ich mich unter sein schon dichtes Geäst, lehne mich an seinen anmutigen Stamm und höre seinen gefiederten Gästen zu.

Angefressen

Der grüne Smoothie aus achtzig Gramm Blattspinat, einer halben Gurke, einer viertel Avocado und einer Handvoll Chia-Samen ergießt sich fein püriert und träge über den Standfuß meines Mixers. Anscheinend habe ich es versäumt, die untere Kappe am Glasbehälter richtig zu verschließen. Da sickert sie hin, die gesunde Kost. Zurück bleiben ein leerer Glaskrug und ich.

Wenn ich ehrlich bin, konnte sich mein Magen bereits vor dem Verquirlen der Zutaten nicht vorstellen, dass er das vor ihm Stehende wirklich will, geschweige denn zu verdauen vermag. Nun färbt das dunkle Grün die Ritzen und Fugen von Mixer und Arbeitsplatte.

Nach dem unerwarteten Ende des Smoothies steht mein Entschluss fest: Dies war mein vorerst letzter Ausflug in die Jagdgründe gesunder Ernährung. Ich hab's nämlich satt. Die Erkenntnis rutscht wohl auch deshalb so schnell nach, weil schon mein nachmittäglicher Einkauf im Supermarkt kein Zuckerschlecken war.

»Sie werden staunen, wie viel Energie plötzlich in Ihnen steckt.« Das verspricht mir die junge Frau an der Probiertheke, ohne rot zu werden, als ich ihr wenige Stunden zuvor ahnungslos in die bunten Smoothie-Flaschen und die Test-Tütchen mit wertvollem Samen laufe.

Mein Körper weist beim Beinahezusammenstoß nicht einmal mehr Spuren von Energie auf. Nach dem Hürdenlauf der gesunden

Ernährung, den ich zu diesem Zeitpunkt bereits unfreiwillig im Supermarkt genommen habe, irgendwie kein Wunder.

Es beginnt gut dreißig Minuten früher harmlos in der Obst-und-Gemüse-Abteilung: Ich überlege gerade, ob ich die vorwiegend mehlig kochenden Kartoffeln kaufe, die sich hervorragend für Püree eignen, oder doch lieber die vorwiegend fest kochenden, aus denen sich ein knackiger Kartoffelsalat zaubern lässt. Heute Abend soll es bei uns als Beilage Püree geben, morgen hingegen Kartoffelsalat. Ich kann es eigentlich nur falsch machen: Entweder es gibt bissfestes Püree oder aber matschigen Salat. Für zwei Säcke fehlt mir die Kraft, denn ich bin ausnahmsweise zum Markt gelaufen und die Kartoffeln bilden auf meiner Einkaufsliste nur die Spitze des Eisberges.

Mein Entschluss ist noch nicht ausgereift, als es hinter mir ruft: »Ist denn Ihr Bedarf an Omega-3-Fettsäuren ausreichend gedeckt?« Wenn ich zwei Dinge besonders mag, dann: a) von hinten angesprochen zu werden und b) Umfragen zu meinen persönlichen Lebensverhältnissen in Momenten mit wenig Zeit. Ich drehe mich um, weil ich schauen möchte, wer mir hier inmitten von Mandarinen, Blattspinat und Treibhauserdbeeren die Welt erklären will. Keine drei Meter entfernt entdecke ich den Omega-Rufer.

Wofür auch immer Omega-3-Fettsäuren gut oder schlecht sind: Der Mann um die fünfzig vor mir hat davon entweder deutlich zu wenig oder übermäßig zu viel. Sein Gesicht trägt die Tendenz zum Ausgemergelten, unter seinen Augen liegen dunkle Schatten, seinem Haar fehlt es an Standfestigkeit, um eine Frisur erkennen zu lassen. Einem Impuls folgend würde ich ihn am liebsten spontan zum heutigen Püree-Essen einladen; gerade rechtzeitig fällt mir ein, dass ich bislang ja noch gar keine wie auch immer vorwiegend reagierenden Kartoffeln gekauft habe.

Der Herr hinter der bunt bedruckten Werbetheke wertet mein zögerliches Stehenbleiben leider völlig falsch und beginnt, mir die essenzielle Bedeutung jener Fettsäuren haarklein zu zerlegen. Keine fünf Minuten später habe ich den Anfang seiner Ausführungen längst vergessen, dafür aber zwei Tüten mit Nuss-Mischungen und eine weitere mit verschiedenen getrockneten Beeren im Wagen.

Wertvolle Fettsäuren inklusive. So richtig weiß ich nicht, wie genau es dazu gekommen ist. Obwohl, eigentlich weiß ich es schon: Ich habe von ebenjenen Nüssen und Beeren probiert. Und wer A sagt, muss auch B sagen. Beziehungsweise: Wer A und B probiert, ist emotional gesehen auch irgendwie verpflichtet, A und B zu kaufen. Ich tröste mich damit, dass die Tütchen ziemlich klein sind, also nicht gerade die Welt kosten können. Außerdem muss man sich ja auch ab und an etwas Gutes gönnen.

Nicht einmal zwei Regalreihen weiter sind die probierten Nüsschen und Beeren zwar noch nicht verdaut, aber bereits Schnee von gestern. Jetzt geht es um die Wurst: um die vegane, genauer gesagt. Wobei ich zunächst gar nicht auf die Idee komme, dass es sich um Wurst handeln könnte, die da verschämt am Test-Holzstäbchen spießt.

Sie erinnert nämlich weder in ihrer Farbe noch in ihrer Konsistenz an Wurst. Jedenfalls nicht an solche, die ich kenne. Trotzdem bleibe ich an der aufgebauten Probiertheke hängen, da aufgrund von Gegenverkehr im Gang gerade kein Vorbeikommen ist. Blöd gelaufen. Im doppelten Sinne. Denn hätte ich den Umweg über die vordere Regalreihe mit Pasta aller Art genommen, hätte mich die Wurst nicht getroffen. So aber habe ich wenig später zwei vegane Varianten auf der Zunge. Meine Geschmacksnerven sind von den Nüssen noch in höchster Alarmbereitschaft, allerdings erschließt sich ihnen jetzt nichts. Schmeckt nicht nach Wurst, so viel steht fest. Nur, wonach es schmeckt, ist für meine Nerven partout nicht zu ermitteln.

Doch die Frau an der Theke lässt mit ihrem Blick auf meine Nuss- und Beeren-Tütchen im Wagen keinen Zweifel daran, dass sie mich ohne Gläschen nicht ziehen lassen wird. Also nehme ich ergeben ein Glas Sweet-Paprika-Salami-Wurst ohne Wurstanteile von ihrer Theke und sehe zu, dass ich Land gewinne.

An den Truhen mit Tiefkühlpizza, Sahneeis und Fischstäbchen ist mir ein kurzer Moment des Verschnaufens gegönnt. Wie es aussieht, muss die Kundschaft an dieser Stelle nicht zusätzlich angefüttert werden. Sie findet auch so zielstrebig ihren Weg hierher.

Ich wühle in meiner Tasche nach dem Einkaufszettel, denn ich habe schlichtweg vergessen, was ich eigentlich kaufen wollte. Als ich ihn finde, merke ich beim Lesen, dass mir Butter, Joghurt und Milch fehlen. Allerdings müsste ich dafür zurück zur Kühlung und damit auch noch einmal an der veganen Wurst vorbei. Dazu aber fühle ich mich mental nicht in der Lage. Also streiche ich die drei Zutaten gedanklich aus meiner Liste und hoffe auf eine spätere Gelegenheit.

Mit meinem Wagen weiterrollend mache ich mich auf in Richtung Getränkeregale. Wir brauchen zwei Flaschen Wein und Bananensaft. Ich kann nicht ahnen, dass ich in dieser Ecke des Marktes komplett auf Grund laufen werde.

Das folgende Prozedere erinnert mich an zahlreiche Begegnungen in der Fußgängerzone, die mit den Worten beginnen: »Haben Sie ein Herz für Tiere?« Ich habe mich noch nie getraut, einfach mal »nein« zu sagen. Es wäre ja auch gelogen. Doch nach meinem ehrlichen »Ja« führe ich dann nicht selten halbstündige Diskussionen, die mich mehr und mehr den Eindruck gewinnen lassen, das Wohl der gesamten Tierwelt dieses Planeten läge einzig und allein auf meinen Schultern.

Zwischen den Regalreihen mit Chardonnay, Merlot und Cidre überrascht mich die junge Frau am Smoothie-Teststand mit der Frage: »Brauchen Sie mehr Energie?« Erwartungsvoll schaut sie mich an, ihr pinkfarbenes Oberteil blendet meine müden Augen. Meine Antwort könnte ein dreifaches »Ja« sein: »Ja, für das Verdauen der Nüsse und Beeren«; »Ja zum Nein-Sagen bei angebotener veganer Wurst« und »Ja, für eine kräftigere Linkskurve, um Ihren Smoothies aus dem Weg zu rollen.«

Stattdessen reicht es bei mir nur noch zu einem trägen »Na ja«. Prompt habe ich einen gesunden Obst-Schlürfi in der Hand, dem sie ungefragt noch einen Löffel Chia-Samen unterrührt. Angesichts der grellen Farbe und seiner dickflüssigen Konsistenz kann ich ihn nicht einmal unbemerkt in die nächste Reihe mit Küchenrollen und Hundefutter kippen. Also bleibt mir nur eins: austrinken.

Samen und Obstpartikel noch auf der Zunge und zwischen den Zähnen, lade ich widerstandsfrei drei Flaschen Smoothies verschiedener Geschmacksrichtungen sowie eine Tüte Samen im Vorteilspack in meinen Wagen, wünsche gedankenverloren »noch einen schönen Tag« und will jetzt nur noch raus.

Ich gelange tatsächlich bis zur Kasse, ohne weitere Testhürden überwinden zu müssen, nehme dann allerdings den astronomischen Preis, der so gar nicht zu den wenigen gekauften Waren in Probiertütchen und -gläschen passen will, nur noch schockiert zur Kenntnis. Zumal ich von meiner Einkaufsliste exakt null Dinge auf dem Kassenband liegen habe. Und um genau zu sein: im Wagen auch nicht.

Noch ganz benebelt von Samen, Beeren und Fettsäuren, hole ich zu Hause die grünen Zutaten aus dem Gemüsefach, die eigentlich fürs Abendessen gedacht sind. Ich will mir jetzt unbedingt was Gutes tun, mit ganz viel Energie. Also schnipple ich alles kurz und klein und verstaue es im Mixer. Dann öffne ich den Samen-Vorteilspack und werfe eine Handvoll hinterher. Mein Magen schaut stumm zu.

Den Rest der Geschichte kennen Sie.

Noch immer sickert das grün pürierte Etwas vor mir in die Ritzen. Ich lasse es laufen. Aufwischen kann ich später auch noch. Jetzt brauche ich erst mal was wirklich Gutes.

Ich gehe zum Kühlschrank und hole den Teller mit den beiden Mandelhörnchen heraus. Mein Magen macht einen freudigen Satz. Und ich fange endlich wieder an, auf mein Bauchgefühl zu hören.

Vorhergesagt

Die Wettervorhersage fürs bevorstehende lange Wochenende wurde in den vergangenen zwei Stunden dreimal korrigiert. Bis gestern versprach meine App mit stoischer Überzeugung sonnige Tage am Stück. Mittlerweile sind von den angekündigten vier warmen und sonnigen Tagen noch eineinhalb übrig. Die restliche Zeit werden sich Niesel- und Starkregen abwechseln, begleitet von gewittrigen Schauern.

Es ist Freitag. Das Pfingstwochenende steht in der Tür. Vier freie Tage liegen vor uns, wir wollen mit Familie und Freunden in den Spreewald fahren. Heute. Glücklicherweise wohnen auch wir mal nicht im Zelt, sondern haben uns für eine Übernachtung im Holztipi entschieden. Das jedenfalls scheint angesichts der wankelmütigen Aussichten schon einmal die passende Wahl zu sein.

Derzeit zeigt das Thermometer auf meiner Fensterbank satte achtundzwanzig Grad, die Sonne scheint vom wolkenlosen Himmel. Wie schön: So werden wir auf der Fahrt ins Reich der Fließe wohl nicht nur auf der Autobahn im Stau mit den übrigen Pfingstreisenden stehen, die Sonne würde uns währenddessen auch noch gnadenlos aufs Dach knallen. Dafür soll es in den kommenden Tagen deutlich kühler werden. Vor meinem geistigen Auge sehe ich uns fröstelnd im Holztipi sitzen, in dem wir keinen Schlaf finden, weil der Regen nicht nur tagsüber, sondern auch nachts ohrenbetäubend auf die Eichenbohlen trommelt.

Das Klingeln des Telefons holt mich aus meinen Gedanken. Im Display des Handys steht: »Schule ruft an«. Komisch. Was gibt es denn Freitagmittag vorm langen Wochenende so Dringendes zu besprechen? Die freundliche Stimme der Sekretariatsmitarbeiterin erkenne ich schon am »Guten Tag«. Während sie Luft für die nächsten Sätze holt, springt mein Verstand in die Bresche: Glasklar, es ist etwas passiert. Den Bruchteil, den es bis zur Auflösung am anderen Ende dauert, nutzt er, um das Horrorszenario abzuspulen, das ihm in der Kürze der Zeit einfällt: Treppensturz, Knochenbruch, Notarzt. Glücklicherweise kommt er nicht weiter.

»Ihrem Sohn geht es nicht gut, er klagt über Kopfschmerzen und leichte Übelkeit«, höre ich die mitfühlende Stimme am Telefon. Am liebsten würde ich durch den Hörer kriechen und ihr vor Erleichterung um den Hals fallen. Was sie voraussichtlich verwundert über sich ergehen lassen würde, denn Kopfschmerzen und Übelkeit sind ja nun nicht gerade Gründe für hemmungslose Freude und zügellose Umarmungen. Wüsste sie allerdings, aus welcher gedanklichen Ecke ich gerade komme, sie würde mich verstehen. Ich spreche kurz mit meinem Großen, der mir versichert, er könne allein nach Hause kommen, halte Rücksprache mit der Sekretärin, dann lege ich auf.

Ich frage mich, was von unserem geplanten Wochenendausflug überhaupt übrigbleiben wird. Denn der Anruf der Schule ist genau das klitzekleine Tröpfchen, das dem Tag auf dem Weg zum vollen Fass noch gefehlt hat: Am Morgen meines freien Tages hatte ich einen Blick in meine dienstlichen Mails geworfen und mich daraufhin für zwei Stunden darin verbissen. Dann war ich meiner Wetter-App auf den Leim gegangen, nur um im Minutentakt dabei zuzusehen, wie unser Campingwochenende den Bach hinuntergehen würde – und zwar ganz ohne Boot.

Ich lege Handy und Festnetztelefon auf den Tisch, gehe auf den Balkon und lasse mich in die von der Sonne aufgeheizten Kissen sinken. Ich habe für all das keinen Plan mehr. In früheren Zeiten wäre ich in puren Aktionismus verfallen. Immer in der Hoffnung, irgendwie die Kontrolle zurückzubekommen. Jetzt schaue ich in den wolkenlosen Himmel über mir und muss schmunzeln. Ich habe keine Ahnung, wo ich heute Abend sein werde. Im Spreewald? Auf dem Sofa? Am Bett meines fiebrigen Sohnes?

»Alles ist offen!«, kreischt der Verstand und würde mich am liebsten aus den Kissen zerren. »Na und?«, rufe ich leise zurück. Es wird sich finden. Fahren oder bleiben, früher oder später. Jetzt oder eben nicht. Alles darf sein. Ist es ja sowieso. Ob ich es so will oder nicht. Ich könnte wie ein HB-Männchen ums mentale Buschfeuer hüpfen, ganz wild vor Aufregung und Sorge um geplatzte Pläne. Ich tue es nicht. Nicht nur die Sonne hält mich in den Polstern.

Ich bleibe sitzen und warte. Auf meinen Sohn. Um anschließend vielleicht einen Impuls zu spüren. Vielleicht gibt es dann etwas zu entscheiden, zu tun. Ich bin von meiner nahezu grenzenlosen Gelassenheit selbst verblüfft.

Noch erstaunter bin ich, als mich diese wunderbare Stimmung aus Annehmen und Hingabe nahezu durchs gesamte Wochenende trägt. Das wir doch noch im Spreewald verbringen. Auch wenn wir später starten als geplant. Dafür sind um diese Zeit kaum noch Pfingstausflügler unterwegs. Die Autobahn ist frei, die Hitze des Tages hat sich sanft der lauen Abendluft ergeben.

Und das Wetter? Ist besser als vorhergesagt. Schön, wenn Apps sich irren. So baden wir bei Sonnenschein, fahren Rad durch die kühle Waldluft und werden dann doch mal im Biergarten vom Regen überrascht. Der Kellner zieht uns gut gelaunt zwei Sonnenschirme über unsere Plätze und meint: »Fürs Erste halten die schon was ab. Der Rest geht vorüber.«

Er behält recht: Viel schneller als gedacht geht der Rest vorüber, und die warmen Sonnenstrahlen kämpfen sich erfolgreich zurück durch die Wolken.

Am Ende der Tage haben wir Sonne auf der Haut. Und ungelogen auch im Herzen. So schön also kann es sein, erst einmal alles den Bach hinuntergehen zu lassen – um sich dann darüber zu freuen, was doch noch möglich ist. Wenn man es lässt.

Verschätzt

E r hat mir tatsächlich seinen Sitzplatz angeboten. Fassungslos starre ich den jungen Mann um die zwanzig an, der soeben von seinem Platz am Fenster aufgesprungen ist und sich mit einem entschuldigenden Lächeln an der alten Dame auf dem Nachbarsitz vorbeizwängt. Dann weist er mir mit einladender Geste den Weg zu seinem vorgewärmten Polster. Am liebsten würde ich mich demonstrativ umdrehen und schauen, ob jemand hinter mir gemeint sein könnte.

Als er mein entgeistertes Gesicht sieht, lächelt er leicht irritiert. Womöglich fragt er sich nun doch, ob er etwas falsch gemacht haben könnte. Soll man denn älteren Leuten nicht unaufgefordert seine Sitzgelegenheit in Bus oder Bahn anbieten?

Sicher: Älteren Herrschaften schon. Dabei hätte ihm allerdings etwas auffallen müssen: Ich bin nicht »ältere«. Weder nach meinem Gefühl noch nach meinen Maßstäben: Ich trage kein graues, dauergewelltes Haar, gehe nicht am Krückstock und schiebe auch keinen Rollator vor mir her. Und ich betrete öffentliche Verkehrsmittel schon gar nicht mit der Erwartungshaltung: »Platz da, jetzt komme ich!«

Wie also habe ich es trotz alledem geschafft, ihn von seinem Sitz zu holen? Den jungen Mann zu fragen, traue ich mich nicht. Wobei uns die neugierige Aufmerksamkeit der übrigen Fahrgäste gewiss wäre. Sie würden nur anstandshalber anderweitige Geschäftigkeit vortäuschen, jedoch gut darauf achten, dass ihnen nicht die kleinste Nuance unserer Generationendebatte entgeht.

Unauffällig betrachte ich mein Spiegelbild in der Fensterscheibe: Mein Tag war lang und anstrengend und hat seine Spuren in meinem Gesicht hinterlassen. Aber musste es denn gleich ein Sitzplatz sein?

Ist dies der Anfang vom wirklichen Altwerden? Dass jetzt junge Leute hilfsbereit aufspringen, wenn ich die Bahn betrete? Und sich dabei in dem Glauben wähnen, eine wirklich gute Tat zu vollbringen?

Komme ich mit meinem klitzekleinen Zuviel an Falten nicht mehr ohne (un)moralisches Angebot bis in die Innenstadt? Demi Moore bot man eine Million Dollar für eine Nacht. Und mir? Einen Platz auf der gepolsterten Bank der Linie vier. Manchmal kann das Leben schrecklich ungerecht sein.

Suchend schaue ich mich im Wagen um nach Damen und Herren jenseits der sechzig oder den »Best Agern«, wie sie heutzutage heißen. Ich würde ihnen gern den Vortritt lassen.

Doch die Fahrgäste sind altersmäßig kaum auf meiner Seite: Links von mir steht eine Gruppe laut schwatzender Teenies, rechts von mir haben sich zwei Mittdreißiger in ihre Handys vertieft. Um die fünfzig ist in dieser Bahn außer mir niemand, geschweige denn sechzig plus. Und wenn, dann sitzen sie längst. Zum Beispiel die Sitznachbarin des Knaben, die mich jetzt mit unverhohlener Neugierde mustert. Ihre in beigefarbenen blickdichten Strumpfhosen steckenden Beine hält sie immer noch zur Seite geneigt. Es ist ihr anzusehen, dass sie nur darauf wartet, dass ich meinen mir angewiesenen Platz einnehme.

Doch so einfach mache ich es den beiden nicht. Es würde sich wie eine Kapitulation anfühlen. Und dass, obwohl ich die fünfzig gerade erst erreicht habe.

Der junge Mann schaut immer noch erwartungsvoll. Kein Wunder, sein Angebot habe ich bislang weder angenommen noch ausgeschlagen. So stehen wir beide wie beim Stuhltanz vor dem leeren Polster und warten, dass die Musik aussetzt. Wer wohl dann das Rennen macht? Ich mit Sicherheit nicht. Viel lieber träte ich die Flucht nach draußen an, als freiwillig diesen Platz einzunehmen.

Mein innerer Monolog klingt höchstwahrscheinlich schon dem Straßenbahnfahrer in den Ohren. Das Interesse der Fahrgäste hinter uns ist jedenfalls längst erwacht. Nur mit Mühe können sie ihre neugierigen Blicke zwischenzeitlich abwenden.

Um des lieben Frieden willen lasse ich mich nun doch, wenn auch widerwillig, auf den Sitz gleiten, hauche ein »danke«, das mir am liebsten an den Lippen hängenbleiben will, und ergebe mich in mein Schicksal. Erledigt ist das Thema für mich jedoch auf keinen Fall.

Die kommenden acht Stationen nutze ich, die für mich zukünftigen Optionen durchzugehen. Am einfachsten wäre es wohl, dem nächsten zusteigenden älteren Semester meinen Platz aufzuschwatzen. Oder aber, das Bahnfahren in Zukunft gänzlich bleiben zu lassen. Dann fällt mir noch eine dritte Variante ein: Stehen in Stille. Dafür könnten die Verkehrsbetriebe in allen Bussen und Bahnen im hinteren Teil des Wagens eine »Ruhezone« ohne Sitzplätze einrichten, in der weder Handys noch Musik, geschweige denn Geplapper über Gott und die Welt erlaubt wären. Und so ganz spezielle Angebote schon gar nicht. Ich würde aus Freude über meine zurückgewonnene Freiheit und Alterslosigkeit kreuz und quer durchs Dresdner Umland fahren – tarifzonenübergreifend und gesund stehend.

Doch als nächstliegendes Ziel muss ich für diese Fahrt die restlichen Stationen hinter mich bringen. Mein Ego, immer noch tief getroffen, schweigt beleidigt. Am liebsten würde es in Tränen ausbrechen. Blöderweise bin ich aus dem Alter wirklich raus.

Ist das nicht toll? Zu alt, um aufstampfend losheulen zu dürfen; zu jung, um sich über offerierte Sitzplätze zu freuen. Vermutlich eine klassische Form der weiblichen Midlife-Krise. Sozusagen Sitzen zwischen allen Stühlen. Und hatte man dann die Wechseljahre erreicht, blieb einem nur noch, sich sitzend und schwitzend über die Jugend zu echauffieren? Wahrlich rosige Aussichten!

Als meine Haltestelle in Sicht kommt, macht mir meine Sitznachbarin auf mein Bitten hin noch einmal Platz – dieses Mal zum Aussteigen. Ihrem Blick nach zu urteilen, würde sie mich am liebsten fragen, warum ich vorhin minutenlang gebraucht habe, um mich hinzusetzen. Mein Verhalten passt verständlicherweise nicht in ihr Weltbild. Sie ist ja auch gut und gerne zwanzig Jahre älter als ich. In ihrem Alter freue ich mich dann unter Umständen auch über jeden jungen Menschen, der freudig vom Polster hüpft, um mir Platz zu machen. Mit fünfzig bin ich jedoch definitiv noch nicht so weit!

Als ich mich in Richtung Fußgängerzone aufmache, wird mir klar: Dem Tag fehlt heute praktisch nur noch eins, um mir den Rest zu geben. Eine ambitionierte Verkäuferin in einem der innerstädtischen Läden, die mich beim Betreten ihres Geschäfts mit einem erwartungsvollen Lächeln auf das großartige 2-für-1-Angebot für beigefarbene Blusen hinweist.

Dann, liebe Welt, könnte auch ich heute ausnahmsweise mal für nichts mehr garantieren. Ich wollte es nur gesagt haben!

Gelandet

»**S**prengstoffkontrolle. Würden Sie mir bitte folgen?« Tonfall und Mimik der Frau in Uniform machen mir unmissverständlich klar: Widerspruch ist zwecklos. Trotzdem breitet sich ein Grinsen auf meinem Gesicht aus, während mein Blick triumphierend zu meinen Freunden wandert. Anders als ich haben sie die Sicherheitskontrolle bereits ohne Hindernisse passiert. »Gewonnen!«, formen meine Lippen lautlos. Sie quittieren es mit einem fassungslos-staunenden Lachen. In stiller Vorfreude auf eine Flasche guten französischen Rotwein folge ich der Beamtin.

Es beginnt vor vier Jahren auf meinem Flug nach Rom. Als mich die Dame an der Sicherheitsschleuse an diesem frühen Morgen auf dem noch verschlafen wirkenden Dresden International Airport zur Sprengstoffkontrolle bittet, halte ich es zunächst für einen Scherz. Sprengstoff. Um diese Zeit. Bei mir. Also bitte.

Doch sie lacht nicht. Also versuche ich, mich ihrem und dem nötigen Ernst der Lage anzupassen, und korrigiere meine Mundwinkel in die Waagerechte. Ich will mich schließlich nicht unnötig verdächtig machen. Dann folge ich ihr zu einem etwas abseits stehenden kleinen Tisch. Im Kopf gehe ich kurz durch, was ich heute Morgen müde und unterzuckert in meinen Rucksack gepackt habe. An Sprengstoff kann ich mich nicht erinnern. Und wenn, wäre es jetzt vermutlich ohnehin zu spät.

Mit Blick auf meinen Rucksack fordert mich die Dame höflich auf, ihn auszupacken, und wischt kurz darauf mit einem schmalen, festen Streifen über Bücher, Geldbörse, Schaltuch und sonstige Utensilien. Anschließend schiebt sie den Streifen in eine Art Lesegerät. Wahrscheinlich für Sprengstoff aller Art.

Mein Puls verlässt nun doch die Komfortzone und erhöht von Sekunde zu Sekunde seine Frequenz. Irgendwie wenig verwunderlich: Mein Verstand kann die ungewohnten Bilder vor sich nicht einordnen und übt sich in seiner Not im Ausmalen verschiedener Möglichkeiten, die allesamt alles andere als beruhigen.

Es ist seine Art, sich – und mich – im Ernstfall für Flucht zu wappnen. Wohin er mit mir fliehen will, hat er mir allerdings noch nicht verraten. Ich könnte ihm zurufen: Das Wegeleitsystem sieht nicht besonders vielversprechend aus – jedenfalls nicht für Flucht. Dann käme nämlich nur »mit dem Kopf durch die Wand« infrage. Genauer gesagt durch Glas. Da aber der Puls ohnehin bereits ordentlich beschleunigt hat, behalte ich meinen Kommentar zunächst einmal für mich.

Ich bin sowieso der eher visuelle Typ. Ich habe auch ohne großes Zutun längst bis an die Zähne bewaffnete Beamte vor meinem geistigen Auge, die, von sirenenartigem Geheul begleitet, im Halbkreis um mich stehen und mir zurufen, ich solle endlich die Hände hochnehmen.

Keine Ahnung, ob es mildernde Umstände gäbe, wenn ich jetzt schon mal vorsorglich die Hände hebe. Die Sprengstoff-Kontrolllampe bleibt jedoch dunkel und die Frage somit unbeantwortet.

Später sitze ich ohne Sprengstoff mit den übrigen Fluggästen im Flieger nach Rom. Ich habe gut zwei Stunden Zeit, meinen Puls wieder in die Ruhezone zu bringen. Und Ordnung in meinen Rucksack ebenfalls.

Heute nun bin ich erneut dran. Wieder einmal. Nahezu überraschungsfrei. Es ist der achte Flug in Folge, auf dem ich kontrolliert werde. Ganz gleich, in welche Ecke dieser Welt ich unterwegs bin, kein Flug geht für mich übers Rollfeld, ohne dass ich auf Herz und Nieren nach Sprengstoff durchsucht werde.

Irgendwann kam die Idee der Wette mit meinen Freunden auf. Mittlerweile bin ich mehr als erstaunt, dass überhaupt noch einer mitspielt, weil ich ja sowieso immer gewinne. Und zwar ganz gleich, in wessen Begleitung ich unterwegs bin. Zwei Flaschen Prosecco, eine Literflasche französischer Landwein und ein Dessert bei meinem Lieblingsspanier gehen bereits auf mein Siegerkonto. Heute also kommt ein Fläschchen Merlot dazu.

In gut einer Stunde geht unser innerdeutscher Flug nach Stuttgart; wir wollen von da weiter nach Genua reisen. Und ich frage mich: Wer steigt in ein Flugzeug nach Stuttgart, um sich im Himmel über dem Schwabenländle in die Luft zu sprengen? Jetzt mal ehrlich: Welche Schlagzeile soll das geben? Von den Zugängen ins Paradies ganz zu schweigen.

Ich wage es nicht, der Dame in Uniform diese Fragen zu stellen, also folge ich ihr wortlos. Mein Puls kennt das Prozedere zur Genüge, kein Grund mehr für ihn, unruhig zu werden. Während die übrigen Fluggäste längst ihre Runden im Duty-free-Shop drehen, darf ich den Inhalt meines Rucksacks ausbreiten, über den die Beamtin mit geübtem Griff ihren Teststreifen zieht. Die Kontrolle bleibt negativ. Auch wie immer.

Da ich nun wieder zu den Guten gehöre, wünscht sie mir lächelnd einen angenehmen Flug, und ich darf zusammenpacken. Heute gelingt mir das mit wenigen Handgriffen nahezu mühelos. Wer solche Kontrollen des Öfteren erlebt, optimiert schon im eigenen Interesse die Zusammenstellung seines Handgepäcks samt Packverhalten. In meinen Anfängen als Sprengstoffverdächtige hatte ich Handgepäck, bei dem ich froh war, dass alles sauber geschichtet im Rucksack Platz gefunden hatte. Nach den Kontrollen schien der Rucksack seltsamerweise um die Hälfte geschrumpft zu sein, und ich hatte meine liebe Not, alles wieder zu verstauen – und das unter den achtsamen Blicken der Beamten.

Noch immer weiß ich nicht, warum es jedes Mal mich trifft. Vielleicht sehe ich verdächtig harmlos aus? Oder ich trage die falsche Kleidung? Oder ist immer jeder zehnte Fluggast dran? Doch wieso bin dann ich jedes Mal die Zehnte?

Ungeachtet dieser offenen Fragen treibe ich nur zwei Monate später den Nervenkitzel auf die Spitze. Ungewollt. Zu meinem Dasein als Sprengstoffverdächtige kommt auf dem Flug nach Kroatien der Fakt hinzu, dass mein Ausweis noch exakt zwei Wochen Gültigkeit hat. Sein Ablaufdatum fällt mit unserem Heimreisedatum zusammen.

Diese Terminüberschneidung trifft mich nicht ganz unvorbereitet. Leider hatte ich die Beantragung des neuen Dokuments etwas sportlich geplant. Und so befindet sich mein neuer Ausweis wohl noch in der Trocknungsphase, als unser Urlaub beginnt. Sicherheitshalber habe ich mich zuvor belesen: Für eine Reise nach Kroatien muss das Ausweisdokument Gültigkeit für den Aufenthaltszeitraum besitzen. Das schafft mein Ausweis. Knapp, aber immerhin. Andererseits verstehe ich, dass das den einen oder anderen Flughafenbeamten durchaus nervös machen kann. So, wie mich der Schalterbeamte hinter seinem Panzerglas jetzt anschaut, vermute ich mal, diese Art von Vermessenheit macht sogar extrem nervös. Kommt wohl pro Beamten-Berufsleben höchstens einmal vor. Und der Kollege vor mir erlebt hier dank meiner gerade sein erstes Mal. Dafür guckt er allerdings ganz und gar nicht glücklich.

Ich versuche anhand seiner körperlichen Reaktion zu eruieren, ob er bereits mit dem Knie den Alarmknopf ausgelöst hat, kann allerdings nichts entdecken. Stattdessen greift er zum Telefon. Passt irgendwie auch besser ins Bild. Nur, wen ruft er an? Seine Mutter? Um zu fragen, ob es am Sonntag wieder Rollbraten gibt, und ganz nebenbei zu erzählen, dass vor ihm eine Verrückte mit Verdacht auf Sprengstoff steht, deren Ausweis gleich abläuft? Oder seinen Vorgesetzten? Der dann per Daumen hoch oder runter darüber entscheidet, ob ich am Glashäuschen vorbeidarf? Und wie sieht der Beamte überhaupt den Fingerzeig?

Vielleicht handelt es sich auch gar nicht um ein echtes Telefon, sondern um eine Attrappe? Die den Fluggast verunsichern und zeigen soll, wer hier die Hosen anhat?

Wahr oder nicht wahr, die vermeintliche Attrappe entfaltet bereits Wirkung. Jedenfalls bei mir. Das Herz ist mir nämlich eben schon mal kurzzeitig in die Kniekehlen gerutscht angesichts meiner weiblichen Gutgläubigkeit, ich könnte mit einem Last-Minute-Plastikdokument ungestraft durchs europäische Ausland reisen. Keine Ahnung, ob mir der Hinweis auf das Kleingedruckte der Internetseite des Auswärtigen Amts viel helfen würde. Vielleicht hatte ich ja das entscheidende Sternchen übersehen: Alle Angaben ohne Gewähr.

Innerlich gehe ich kurz meine Chancen durch: a) am Flughafen auf meinen neuen Ausweis warten, b) dem Beamten unauffällig Schmiergeld durch den Glasschlitz schieben oder eventuell auch c) flehentliches Auf-die-Knie-Fallen, verbunden mit der eindringlichen Bitte, erst ein- und dann wieder ausreisen zu dürfen. Variante drei wäre insbesondere geografisch gesehen problematisch, denn beim Knie-Fall würde ich gleichzeitig aus dem Blickfeld des Beamten verschwinden. Das macht wenig Sinn und mich gleich doppelt verdächtig.

Bevor ich Variante c) eventuell doch den Vorrang geben kann, kommt mir der Beamte zuvor. Mit einem Nicken lässt er mich passieren.

Ich werde nie erfahren, ob ich das Ganze seinem Vorgesetzten oder doch eher seiner Mutter zu verdanken habe. Fakt ist: Ich bin drin. Und nach Hause kommen würde ich auch wieder irgendwie. Immerhin kenne ich ja jetzt meine Möglichkeiten. Nur Sprengstoff sollte ich besser nicht dabeihaben. Das könnte das Ganze unnötig verkomplizieren.

Ausgeschlafen

Gestern Abend habe ich halb zehn das Licht ausgemacht. Es fühlte sich großartig an.

Das böse Erwachen kommt heute Morgen, als ich auf dem Weg ins Büro einer Bekannten in die Arme laufe. Noch bevor ich überhaupt »Hallo« sagen kann, trifft mich ihr Schwall von Sätzen: »Also diese Vernissage gestern Abend – m e g a, sage ich dir. Einfach der Wahnsinn. Und so interessante Leute, spannende Gespräche, und die Typen erst, echt abgefahren. Ich war erst halb zwei im Bett.« Sie legt eine kurze Pause ein, blickt mich an und fragt dann erwartungsvoll: »Und, was hast d u so getrieben?« Nach ihrem Monolog bin ich weder auf einen Wortbeitrag vorbereitet, noch habe ich auf diese spezielle Frage eine entsprechende und vor allem ansprechende Antwort.

»Ich?«, frage ich zurück, obwohl außer ihr und mir gerade niemand in der Nähe ist. In den so gewonnenen Sekunden hoffe ich, zunächst mal für mich eine Antwort zu finden: Wahrheit oder Lüge? Sein oder Nichtsein? Sekt oder Sofa?

Die Wahrheit klingt unzensiert so: Das abwechslungsreiche Programm meines Abends war das gemütliche Pendeln zwischen Balkonmöbeln und Sofa und gipfelte kurz vor neun in der Entscheidung, ins Bett zu gehen. Um ehrlich zu sein, war es zu dieser Zeit draußen noch ein klitzekleines bisschen hell und die Vögel in übermütiger Tiefflugstimmung. Ich ließ die aufgedrehten Schwalben ihre Show abziehen, schaffte es eben noch, ein paar Seiten zu lesen, und ergab mich dann freudig dem Schlaf. Konnte man das als »getrieben« durchgehen lassen? Wohl kaum. Nicht einmal meine Träume hatten das Zeug zur aufregenden Homestory, mein Schlaf war schlicht und ergreifend traumlos geblieben. Nicht, dass mich das gestört hätte. Jedenfalls bis eben nicht. Nun sah die Sache allerdings ein bisschen anders aus: Ich hatte gestern nichts getrieben und heute deshalb nichts zu erzählen.

Im Augenblick komme ich um eine Antwort zu meiner Nacht der Nächte herum, da sich überraschend eine Freundin meiner Bekannten zu uns gesellt. Auch sie kriegt zunächst ungefragt den Rundumbericht zum Superabend auf die Ohren. Wie ich wenig später feststelle, kann ich allerdings auch aus ihrer Richtung nicht mit mentaler Unterstützung rechnen. Ganz im Gegenteil. Sie war nämlich gestern selbst aus, die Glückliche. Auf einer »After Work Party«. Und natürlich war es nicht irgendeine Party, es war ein Riesenevent. Das musste ja so kommen. Und natürlich mit coolen Leuten. Und natürlich war sie erst halb drei im Bett.

Halb drei. Ich rechne kurz nach und mustere die beiden unauffällig. Wie fünf beziehungsweise sechs Stunden Schlaf sieht weder die eine noch die andere aus. Im Gegenteil, in unserer kleinen Runde mache ich den am meisten verschlafenen Eindruck. Dabei hatte ich mich in Summe neun Stunden lang mit nichts anderem beschäftigt als Liegen, Atmen und Ausruhen. Schlafe ich am Ende zu viel? Kann es überhaupt ein »Zuviel des Guten« geben? Mae West hat mal gesagt: »Zu viel des Guten kann wundervoll sein.« Kann, muss aber nicht?

Ist es am Ende besser, den Körper mit seinem Schlafbedürfnis auf Sparflamme zu halten und stattdessen tagein, tagaus um die Häuser zu ziehen? Und sich notfalls mal fürs dringend nötige Nickerchen zehn Minuten an eine dunkle Hauswand zu lehnen, um dann im Tross weiter zu feiern? War mein Körper verhätschelt und verwöhnt und ich längst im sozialen Abseits, weil ich den Anschluss schlicht und ergreifend verpennt hatte? Wieso hatte mich denn keiner geweckt?

Andererseits ist es doch seltsam, dass Schlaf so aus der Mode zu sein scheint. Zumindest ab einem gewissen Alter. Babys und Kleinkinder immerhin trimmt man erst mal aufs Durchschlafen – und hat sie lieber, je früher und je länger sie das tun. Haben sich die süßen kleinen Pausbacken dann daran gewöhnt, werden sie zwanzig, dreißig Jahre später ausgelacht, weil sie immer noch brav durchschlafen, neun Stunden am Stück. Wenn auch jetzt im rückenfreundlichen Boxspring- statt Babybett.

Bislang fand ich es jedenfalls gar nicht uncool, mitten in der Woche einfach mal lange vor Mitternacht ins Bett zu gehen. Auch gern mal zwei Abende in Folge. Und zwar ganz ohne krank zu sein, Liebeskummer zu haben oder durchzechte Nächte ausgleichen zu müssen. Heute allerdings ist scheinbar der Tag der Abrechnung. Und ich habe außer neun Stunden liegender Langeweile nichts zu berichten. Für meine Erzählung vom aufregenden Abend brauche ich exakt einen Satz mit drei Worten: »Hab ich verschlafen.«

Ich kann mir schon vorstellen, wie nach meiner Kurzgeschichte das Mitleid in den Augen meiner beiden Gesprächspartnerinnen stehen würde angesichts der Tatsache, dass mein Leben so in den Kissen dahindümpelt. Währenddessen würden sie gegenseitig darauf achten, dass sie ihre verkaterten Augenringe ins rechte Licht rückten.

Mit sechzehn, als ich dank meiner Eltern aller zwei Wochen dienstags bis halb elf in die Disco im Jugendclub durfte, fand ich unausgeschlafen sein auch »mega«. Obwohl ich glaube, dass es den Begriff damals noch gar nicht gab. Ich fühlte mich jedenfalls groß und unglaublich erwachsen. Und trug am darauffolgenden Tag die Spuren meiner kurzen Nacht wie ein Schmuckstück mit mir herum.

Gut zwanzig Jahre später – ich hatte die wilde Partyzeit schon eine Weile hinter mir gelassen – stellte ich überrascht fest, dass sich die Jugend jetzt fürs Ausgehen offenbar erst gegen Mitternacht traf. Wobei Mitternacht auch schon eher für Weicheier galt. Cooler war es, frühestens gegen ein oder zwei Uhr nachts zu starten. Ich dankte dem Himmel, dass ich schon alt genug war, zu dieser Zeit nicht mehr vor die Tür zu müssen, und mich stattdessen fragen durfte: Was macht die Jugend bis dahin? Schlafen? Chatten? Rommé spielen mit den Eltern? Letzteres fiel vermutlich aus, weil diese Generation mit Tendenz zur abnehmenden Coolness schon in den Betten lag.

Ich hätte jedenfalls mit hoher Wahrscheinlichkeit bis Mitternacht bereits die ersten drei Wellen bleierner Müdigkeit hinter mir. Und bin mir fast sicher, dass ich bei der ersten, spätestens aber bei der zweiten Welle freudig nachgeben und mich ins Bett spülen lassen würde.

Was für ein Segen, ein Kind der Achtundsechziger zu sein. Schulpartys begannen bei uns um sieben, im Jugendclub traf man sich spätestens um acht, und wollte man mal über die Stränge schlagen, verabredete man sich Silvester erst ab zehn zum gemeinsamen Feiern, zog dann aber durch bis fünf Uhr morgens.

Einen unerwarteten Strich durch meine »Gemütlich-älter-werden«-Rechnung machte mir die Erfindung der After-Work-Party. Plötzlich war der Satz »Ich war arbeiten« kein legitimer Grund mehr, nicht auszugehen. Ganz im Gegenteil: Wer arbeiten war, durfte, konnte, ja musste jetzt feiern. Wohl, um wenigstens einmal in der Woche was vom Leben zu haben und die Puppen tanzen zu lassen. Lagen die Partys anfangs noch rücksichtsvollerweise auf einem Donnerstag – und damit das Wochenende im Blick –, gab es irgendwann so viele After-Work-Angebote, dass sie montags begannen und freitags direkt ins Feier-Wochenende übergingen. Irgendjemand fragte immer, ob man abends mitkäme, ganz gleich an welchem Wochentag.

Zu meiner letzten After-Work-Party fuhr ich tatsächlich direkt vom Büro aus hin. Unterwegs versuchte ich, die noch in meinen Poren und meiner Kleidung steckenden Meetings und Mails des Tages abzuschütteln. Es war gerade mal kurz nach sieben, als ich im Partytempel eintraf. Keine Stunde später hatte ich jedoch das Gefühl, dass nicht nur ich mich nach meinem Zuhause sehnte. Ein bisschen früh in Anbetracht der Tatsache, dass Party unmissverständlich das Veranstaltungsmotto war. Da verbot es sich irgendwie von selbst, schon kurz nach dem Sandmann den Heimweg antreten zu wollen. Und doch waren die meisten von uns an diesem Abend schlicht und ergreifend müde. Weil wir uns das nicht eingestehen wollten und ja ohnehin schon mal da waren, standen wir also mit heimlichem Blick auf die Uhr noch bis halb elf rum, rührten in unseren Cocktails und atmeten befreit auf, als die Erste meinte, sie müsse los, ihre Bahn käme gleich. Auch die anderen murmelten nun etwas von »früh raus«, und binnen weniger Minuten löste sich die Runde auf.

Als ich an diesem Abend den Wecker für den kommenden Morgen stellte, schüttelte ich mich bereits innerlich bei der Vorstellung, dass mir aufgerundet nur sechs Stunden in meinen Kissen vergönnt waren. Ich würde mich am nächsten Tag nicht nur hundemüde fühlen – ich würde auch genau so aussehen. Blöderweise fragte am nächsten Tag nicht mal jemand, was ich denn am Abend so getrieben hätte. Diese Frage kam eine Woche später und damit eine Woche zu spät.

Wieso nur gilt Schlaf gemeinhin als so unsexy? Ich mag Schlafen. Für mich gehört es zu den heimlichen Luxusgütern unseres Planeten. Und ist – zumindest in der Theorie – im Überfluss vorhanden. Außerdem macht es ausgeglichen und ist gut für die Haut.

Im Stillen hoffe ich auf einen Trendwechsel: Schlafen ist das neue Cool. Was für ein Traum.

Bis es so weit ist, könnte ich wie zufällig ein Buch auf meinem Schreibtisch liegen lassen: »Die übermüdete Gesellschaft – wie Schlafmangel uns alle krank macht«, geschrieben von einem Schlafmediziner der Berliner Charité. Nicht dass ich es gelesen hätte. Ich ziehe auch hier den Schlaf vor.

Aber der Titel könnte meine Abendgestaltung irgendwie in einem besseren Licht dastehen lassen. Dann wüssten die anderen wenigstens, was ich so treibe: sexy schlafen.

Aufgespielt

Über unserem Kiez liegt verschlafene Sommerträgheit. Gerade mal kurz nach zehn zeigt das Thermometer an diesem Sonntagmorgen bereits wonnige sechsundzwanzig Grad. Seit Wochen verschwendet sich die Sonne von morgens bis abends, die anhaltende Hitze lässt Vorhaben mühelos im Ansatz verenden. Schon das Darübernachdenken, etwas zu tun oder doch lieber bleiben zu lassen, bringt mich gehörig ins Schwitzen. Warum also ausgerechnet heute die Welt retten oder aus den Angeln heben? Dafür würden sich sicherlich noch kühlere Tage finden lassen.

Soeben bin ich noch ein paar Zentimeter tiefer in die Kissen meines Balkonsessels gerutscht – einerseits, um dem Schatten meines Sonnenschirms zu folgen, andererseits, um beim Lesen meinen schwerer werdenden Kopf sanft gebettet zu wissen. In den vergangenen Minuten sind mir ganz ohne Vorwarnung wieder und wieder die Augen zugefallen, sodass ich zwischenzeitlich vergessen habe, worum es in der Sommerlektüre auf meinem Schoß eigentlich geht.

Ich will den letzten Absatz gerade noch einmal lesen, da dringen plötzlich die ersten Akkordeon-Töne an mein Ohr. »Hänschen klein« ist in der Welt. Na ja, eigentlich ist er erst mal nur in unserer Straße. Ich mag das Lied. Schon als Fünfjährige sang ich es gut gelaunt auf der Rückbank unseres Wartburgs, wenn wir am Samstagnachmittag in die Laube fuhren. Später sogar manchmal am

Montagmorgen auf dem Weg zur Schule, allerdings nur, wenn der süße Junge aus der 4 c außer Hörweite war, in den ich mich, selbst dritte Klasse, verknallt hatte.

Bis zur zehnten Note ist bei Hänschen auch alles gut, dann jedoch bricht die Melodie ab. Kurz darauf beginnt das Spiel von vorn. Der Bub läuft erneut los, doch viel weiter als bis zum Gartentor kommt er nicht, dann ist wieder Stille. Armer Hans. Scheinbar hat er die Rechnung ohne das Akkordeon gemacht – es spielt wohl nicht mit bei seinen Reiseplänen.

Meiner ersten Freude über die vertraute Melodie folgt die Ernüchterung. Und gleich darauf eine zunehmende körperliche Anspannung. Bei jedem neuen Versuch, das Lied zu vollenden, fiebere ich mit Hänschen mit. Am liebsten würde ich laut mitsingen. So wüsste der Kleine, dass Hoffnung besteht, doch noch den Absprung zu schaffen, weinende Mama hin oder her. Nach dem geschätzt zwanzigsten Anlauf komme ich jedoch an den Punkt, hier gleich selbst das große Heulen zu kriegen. Nicht nur wegen des armen Hänschens, sondern vor allem wegen meiner Ohren.

Die sind nämlich erstaunlich hellhörig, das habe ich seit Kurzem sogar schwarz auf weiß: Mein rechtes Ohr verfügt über eine hundertprozentige Leistungsfähigkeit, mein linkes über fünfundneunzig Prozent, wie mir der Facharzt für Ohrenheilkunde erst vor wenigen Wochen bescheinigte. Dabei schaute er auf meine Werte, als könne es sich eigentlich nur um ein Versehen handeln. »Das ist wirklich ganz erstaunlich für Ihr Al…« Die letzte Silbe verschluckte er gerade noch rechtzeitig. Merkte wohl selbst, dass der geplante Schluss seines Satzes die positive Einleitung komplett zunichtemachen würde. Jedenfalls fehlt bei meinen Ohren nicht viel, und sie können tatsächlich das Gras wachsen hören. Und ich höre mit.

Jetzt höre ich allerdings nicht das Gras, sondern ein »c«. Oder ist es doch ein »a«? Müsste am Ende aber ein »d« sein? Leider bin ich dabei keine große Hilfe. Ich spiele Gitarre, da gibt es Griffe, um Hans musikalisch zu begleiten und flott aus dem Haus zu kriegen.

Hier aber stellt sich irgendeine Note quer. Wieder und wieder bleibt Klein Hans hängen – am Ton und am Tor, der Ärmste. Die

Mutter wird's freuen. So muss sie keine bitterlichen Tränen vergießen und loslassen schon gar nicht. Und Hans? Der macht wahrscheinlich nun doch seinen erweiterten Schulabschluss, studiert dann BWL und pfeift auf die Fremde. So kann's gehen, wenn einem das »c« ein Bein stellt.

Im Prinzip habe ich ja nichts gegen Hausmusik. In unserer Nachbarschaft spielen bislang Klavier, Saxofon und Flöte tatsächlich in friedlicher Koexistenz. Allerdings spielen sie auch Lieder am Stück. Von der ersten bis zur letzten Note. Meist ohne jeden Fehlgriff. Keine Ahnung, wie und vor allem wann sie es lernen. Ob sie stets üben, wenn »Mutti früh zur Arbeit geht«? Ich jedenfalls bekomme davon nichts mit.

Heute nun stehen nicht nur die Töne missgünstig, sondern möglicherweise auch die Zeichen. Ob da vielleicht jemand ein Akkordeon g e s c h e n k t bekommen hat? Am Ende der süße Nachwuchs aus dem vierten Haus rechts? Nachmittäglicher Besuch der Musikschule inbegriffen, bei der die junge, hoch motivierte Lehrerin nicht müde würde darauf hinzuweisen, wie wichtig das Üben zu Hause sei?

Und eben da liegt der Hase im Pfeffer. Oder um in der Musiksprache zu bleiben, der Notenschlüssel vergraben. Weil dieses »Zuhause« nicht nur drei Zimmer, Küche, Bad hat, sondern vor allem Nachbarn – obendrüber, untendrunter und nebenan. Und Töne nun mal nicht an der Zimmertür und ganz sicher auch nicht am Gartenzaun haltmachen.

Das ist einerseits sehr schon, denn die musikalischen Leckerbissen, die insbesondere Klavier und Saxofon über den Kiez wehen lassen, sind fürwahr ein Ohrenschmaus. Im Gegensatz dazu macht mich Hänschen klein im vierzigsten Anlauf dann doch erstaunlich aggressiv.

Aber wenn nicht in der heimischen Stube, wohin dann zum Üben? Ab in den Keller? Oder in den lärmisolierten Probenraum? Oder gleich in den Wald? Wo haben denn Anne-Sophie Mutter, David Garrett und Lang Lang ihre weltumspannenden Karrieren begonnen? Ich befürchte, auch im Kinderzimmer. Wahrscheinlich umgeben von wahlweise toleranten oder schwerhörigen Nachbarn.

Während ich meine gedanklichen Runden drehe, geht dem Häns-chen überraschenderweise musikalisch die Puste aus. Plötzlich liegt wieder Stille über der Straße. Habe ich unterschätzt, dass auch liebenden Eltern irgendwann der Geduldsfaden reißen könnte, wenn Hänschen hinauswill und nicht kann? Das lässt hoffen.

Und trotzdem: Ich beschließe, in den kommenden Tagen groß-zügig über schiefe Noten und Neuanfänge hinwegzuhören. Wer weiß, vielleicht würde ich dann in zehn Jahren stolz behaupten können, die tolerante Nachbarin dieses hochtalentierten Virtuosen gewesen zu sein?

Ausgelacht

Ob ich aufhören sollte, mein Leben nach Kalenderweisheiten zu führen? Nach meinem bislang letzten Versuch jedenfalls kann ich von Glück sagen, dass ich der Einweisung gerade noch entkommen bin. Es war verdammt knapp. Dabei habe ich es nur gut gemeint. Auch wenn Oma Dorle früher schon in ihre Falten murmelte: »Gut gemeint ist noch lange nicht gut gemacht.« Ja, Oma, weiß ich jetzt auch.

Zunächst mal fängt es vielversprechend an. Eben mit einer Lebensweisheit:

»Das Leben ist wie ein Spiegel. Ein Spiegel tut das, was du tust. Lächelst du, lächelt er zurück. Aber du musst zuerst lächeln.«

Dieser Spruch ziert die Karte, die eines Tages in meinem Briefkasten steckt. Es ist der freundliche Gruß unserer Apotheke anlässlich meines Geburtstages. Das Bild dazu: ein Pferd, das mit breitem Gebiss über beide Ohren grinst. Die Karte bekommt einen Ehrenplatz gleich neben meinem Spiegel im Flur. Ich folge gern den Anweisungen in Lebensweisheiten. Ein bisschen in der stillen Hoffnung, dass mein Glück, mein Herz und meine Finanzen doch noch irgendwie zu retten sind. Immer wenn ich jetzt in den Spiegel schaue, versuche ich, an mein Lächeln zu denken. Ich muss ja zuerst lächeln, sonst funktioniert das Ganze nicht.

Es hätte genügt, das Spiel zu Hause zu spielen. In den eigenen vier Wänden zu lächeln ist ja immerhin ein Anfang. Kann auch nicht jeder behaupten, dass er zu Hause was zu lächeln, geschweige denn zu lachen hat. Ich also schon. Der Apotheke sei Dank.

Doch eines schönen Tages reift in mir der Entschluss, das Lächeln auch in die Welt, also zumindest vor meine Haustür, zu tragen. Es fällt mir ausgerechnet an einem Montagmorgen ein. Und selbstredend will ich den Versuch auch direkt starten. Wie gesagt, an einem Montagmorgen. Jemand bei wachem Verstand hätte mir sicher den Tipp gegeben, dass morgen ja auch noch ein Tag sei. Ist aber sonst keiner wach und bei wachem Verstand schon gar nicht. Außerdem habe ich montags meist frei und damit genug Zeit und Raum, unterwegs zu sein, statt nur meine Kollegen anzugrinsen.

Nun ist das mit einem Lächeln am Montagmorgen so eine Sache. Es fühlt sich ein bisschen so an, als wäre man zur falschen Zeit mit dem falschen Zug um den Mund am falschen Ort.

Der Erste, der mir das unmissverständlich klarmacht, ist ein nicht mehr ganz so rüstiger Rentner. Er steht auf seinen Rollator gestützt an der Haltestelle. Als die Bahn vor uns hält, bleibe ich mit einem Lächeln für ihn an der offenen Tür stehen, um ihm den Vortritt zu lassen. Es dauert einen Moment länger, bis er mit seinen müden Beinen die schmale Hürde zwischen Straße und Bahn genommen hat. Als ich ihn immer noch lächelnd anschaue, mosert er: »Keene Sorge, junges Fräulein, Sie werden och ma alt, dann vergeht Ihnen das Lachen von ganz alleeene.« Sagt's und schiebt seinen Rollator zum Schwerbehindertenplatz, um einen sommersprossigen Teenager vom Sitz zu mobben.

Ich stehe mit festgehaktem Lächeln vor der immer noch offenen Tür und finde gerade noch vorm Abklingeln aus meiner Erstarrung, um in die Bahn zu springen. Das war schon mal nicht das, was ich erhofft hatte. Nun gut, vielleicht ist die Zielgruppe Rentner auch eine besonders harte Nuss. So leicht will ich mich jedenfalls nicht ins Bockshorn jagen lassen. Das wäre doch gelacht.

Als ich am frühen Nachmittag nach Hause komme, schnappe ich mir trotzdem vorsichtshalber die Karte vom Spiegel. Vielleicht lässt sich mein Fehlstart mit eventuellem Kleingedruckten auf der Karte erklären, zum Beispiel: »Zu Risiken und Nebenwirkungen fragen Sie Ihren Arzt oder Apotheker.« Doch es finden sich keine versteckten Hinweise dieser Art. Nun gut, dann liegt es möglicherweise doch an mir. Vielleicht muss ich mein Lächeln noch ein bisschen besser einstudieren. Ich stelle mich vor den Spiegel und ziehe die Mundwinkel hoch. Sieht ein bisschen so aus, als hätte man mir gerade mitgeteilt, dass das Weihnachtsgeld dieses Jahr gestrichen wird. Ich versuche es noch mal. Jetzt könnte in der Sprechblase über mir stehen: »Ich mag keinen Spinat.«

Also das ist jetzt aber auch zu blöd. Kein Wunder, dass der Rentner heute Morgen annahm, ich lachte ihn aus und nicht an. Bin ich denn so ungeübt im Freundlich-Gucken? Dem Lächeln meines bisherigen Lebens nach zu urteilen, komme ich zu dem Schluss: Es kann definitiv noch mehr Grinsen vertragen.

Ich lasse vom Spiegel ab und plane einen zweiten Versuch im wahren Leben einige Tage später. Kann doch so schwer nicht sein. Glaube ich zumindest. Es ist ein bisschen so, als würde ich mir vornehmen, die Eiger-Nordwand zu besteigen, nur um dann zwischenzeitlich festzustellen, dass ich am Mount Everest kraxle. Da kann einem das Lächeln leicht festfrieren. Mein Berg heißt Edeka, Samstagnachmittag.

Ich treffe zeitgleich mit einem hornbebrillten Vater und seinen beiden Söhnen, geschätzt sechs und neun Jahre, ein. Das an sich sagt ja eigentlich noch nichts aus über gut oder böse. Obwohl ich zugeben muss, dass meine Erfahrungen mit schwarzbebrillten Kassengestell-Vätern bislang nie nach einer Wiederholung schrien. Im ersten Anlauf macht er meinen Vorurteilen auch alle Ehre, denn insbesondere sein Zweitgeborener gebärdet sich schon am Eingang, als hätte er zu lange durch Vatis Brille geschaut.

Trotzdem drücke ich meine gedankliche Schublade, in die ich den Vater kurzerhand stecken wollte, wieder zu und hole mir einen Wagen. Als der Papi an den Obstregalen neben mir steht, schenke ich ihm ein Lächeln. Er lächelt nicht. Ich intensiviere mein Lächeln. Er lächelt nicht. Jetzt guckt er sogar vorwurfsvoll. Vermutlich glaubt er, ich wolle ihn anbaggern, und das, obwohl er Vater zweier Kinder ist. Kurz schläft mir bei diesem Gedanken das Gesicht ein. Dann reiße ich mich zusammen und halte an meinem Lächeln fest. »Hallo Leben, ich lächle – und wo bleibt deine Antwort?«, denke ich bei mir. Sie kommt prompt: »Sie merken aber schon, dass Sie vor den Zitronen stehen, oder?«, raunzt mich der Brillen-Heini an, rempelt mich zur Seite und zieht kurz darauf mit seinen beiden Sprösslingen und einem Netz voller Bio-Zitronen von dannen. Mir hingegen rutscht mein Lächeln die Fassade herunter. Ich öffne die Schublade, stopfe den Vati samt Bälgern hinein und trete sie mit dem Fuß zu. Von wegen: »Gibt das Leben dir Zitronen, mach Limo draus.« Mir reicht's. Mit angespannten Gesichtsmuskeln, denen jegliche Tendenz nach oben verloren gegangen ist, erledige ich in null Komma nichts meine Einkäufe. Im Stillen entschuldige ich mich beim freundlichen Kassierer, für den ich meine Mundwinkel leider auch nicht mehr hochkriege.

Ich hätte es dabei belassen können, denn der bisherige Schnitt ist unterirdisch: zweiter Versuch, zweites Scheitern. Vielleicht ist die Welt einfach noch nicht bereit für mein Lächeln?

Doch ich sage mir: Aller guten Dinge sind drei. Obwohl bei Lichte betrachtet die anderen zwei Dinge ja ganz und gar nicht gut waren. Merkt mein Hirn aber gerade nicht, weil ich zwischenzeitlich schon wieder das Lächeln vor dem Spiegel übe. Keine Ahnung, ob ich eigentlich noch zu retten bin.

Versuch Nummer drei. Neue Zeit, neuer Ort, neues Glück: An diesem Abend bin ich mit dem Fahrrad auf dem Rückweg von der Kino-Spätvorstellung. Es ist gerade mal September, aber die Nachtkälte kriecht mir durch alle Schichten meiner beiden Jacken. Ich bin stocknüchtern. Als ich eine scharfe Linkskurve trotzdem nicht ganz so sauber nehme, flammt hinter mir ein Blaulicht auf. Die Polizeistreife bleibt neben mir stehen. Ein in die Jahre gekommener Beamter und sein junger Kollege steigen aus, die Taschenlampen im Anschlag. Ich lächle ihnen entgegen.

»Haben Sie etwas getrunken?«, fragt mich der Jüngere ernst. »Nein«, antworte ich wahrheitsgemäß und verstärke mein Lächeln. »Drogen?« »Nein!« Ich lächle immer noch. Heute will ich es dem Leben beweisen. So lange, bis es zurücklächelt. Die Beamten kommen mir dafür wie gerufen. Leider missverstehen sie mein Grinsen vollkommen: Also muss ich erst ins Röhrchen pusten, dann mit ihnen aufs Revier zum Drogentest und anschließend versichern, dass ich keine Selbstmordabsichten hege, da sie sonst in Erwägung ziehen würden, mich vorsorglich einzuweisen. Das ist der Moment, in dem auch mir das Lachen endgültig vergeht. Es ist mittlerweile nach Mitternacht. Ich bin müde, mir ist kalt, ich will nach Hause. Von wegen zurücklächeln. Auf dem Revier hat keiner gelacht. Meinem Leben scheint's egal zu sein, liegt wahrscheinlich schon in den Kissen.

Als ich nach Hause komme, zerre ich die Karte vom Spiegel und entsorge sie in den bereits vollen Papiermüll. Mit einem breiten Grinsen guckt das Pferd aus der Tonne, bevor ich wutschnaubend den Deckel fallen lasse.

Ausgesaugt

Unser Staubsauger hat den Geist aufgegeben. Plötzlich und unerwartet geht ihm über den Krümeln des selbst gebackenen Apfelkuchens, die unter unserem Esstisch liegen, die Puste aus. Ich versuche es mit gutem Zureden, einem Blick in die Bedienungsanleitung und dem Auswechseln des Beutels. Erfolglos. Der kleine Turbo bleibt still. Den Krümeln rücke ich nun wenig standesgemäß mit Besen und Schaufel zu Leibe. Doch wohl oder übel muss Ersatz her, je früher, desto besser.

Nur wenige Stunden später schnappe ich mir deshalb meinen Laptop und recherchiere nach aktuellen Angeboten, um dem Hochflorigen in unserer Stube möglichst bald wieder saugfähig an die Wolle gehen zu können. Ausnahmsweise lasse ich Kundenbewertungen und Expertenmeinungen links liegen, denn ich will nicht meinen ganzen Abend für die Modellsuche opfern. Eine Viertelstunde später werde ich fündig und klicke gut gelaunt und fest entschlossen auf »Jetzt kaufen«. Nun sind noch zwei, drei Tage Geduld gefragt, dann würde der Postmann zweimal klingeln, uns freudig unseren neuen Turbo überreichen, und das Thema Staubsauger wäre erledigt.

Das glaube ich zumindest in diesem Moment. Das Internet sieht das jedoch ganz anders. Da geht es anscheinend nun erst richtig los: Als ich mich am darauffolgenden Abend erneut in die digitalen Weiten begebe, blinkt und schreit mich Werbung für Staubsauger an – in allen Farben, in allen Formen, auf allen Seiten, die ich besuche. Bei rund achtzig Prozent der Empfehlungen handelt es sich dabei um genau dasselbe Modell, welches ich gestern gekauft habe, die restlichen zwanzig Prozent verteilen sich auf Staubsauger-Roboter und beutellose Varianten.

Anfangs halte ich es für ein Versehen. Vielleicht hat das Internet ja im entscheidenden Moment nicht hingeguckt oder verschlafen, dass ich längst den Kauf-Button gedrückt habe. Nach fünf Tagen allerdings komme ich an den Punkt, mich ernsthaft zu fragen: Wer hat hier eigentlich einen an der Waffel? Ich, weil ich annehme, ein Staubsauger genügt für eine mittlere Drei-Zimmer-Wohnung? Oder das Internet, das mich trotz Kaufentscheidung mit Staubsaugern verfolgt? Oder vielleicht ja die dahinter steckenden Marketingprofis? Die zwar festgestellt haben, dass ich nach Staubsaugern recherchiere, denen dann aber mein »Jetzt kaufen« durch die digitale Lücke gerutscht ist? Welche Technologie, liebe Experten, steckt da bitte schön dahinter? Mit Logik kann es nichts zu tun haben. Denn ganz gleich, ob wir es mit weiblicher oder männlicher versuchen, es erschließt sich einem nicht.

Wenn mich die Fachmänner mal fragen würden, könnte ich ihnen verraten, dass ich erstens einen zweiten Turbo nicht brauche. Und dass es zweitens viel wahrscheinlicher ist, dass ich mir im Notfall einen neuen Teppich zulege, weil mein neuer Sauger nicht nur rasant alle Krümel vernascht, sondern bereits Bestandteile vom Hochflorigen.

Also: Wie kriege ich meinen Bildschirm wieder frei von Staubsauger-Werbung? Indem ich einen Schrank online kaufe? Dann – und das ist mit weiblicher und männlicher Logik offensichtlich – würde sich das Problem wohl nur verlagern – von Staubsaugern auf Schränke. Alternativ könnte ich meinen Rechner auch mal eine Woche ausgeschaltet lassen. Vielleicht vergisst mich dann das Internet? Und vor allem mein Interesse an Staubsaugern? Aber mal ehrlich: Internet und Demenz passen nicht wirklich glaubhaft zusammen, oder? Hab ich ja schon ohne Recherche festgestellt: Das Internet vergisst nichts und niemanden.

Vor gut fünf Monaten waren wir auf der Suche nach neuem Frühstücksgeschirr. Also schaute ich mich auf diversen Webseiten erst einmal um. Ich entdeckte ein Service und packte Teller und Tassen in den virtuellen Warenkorb. Dann schlief ich eine Nacht darüber. Am nächsten Tag war ich mir sicher, dass uns das müde Pastell des formschönen Steinguts womöglich schon morgens an den Augen ziehen würde. Ich ließ den digitalen Warenkorb in der Ecke stehen, wurde glücklicherweise im realen Leben fündig und vergaß den Einkaufswagen.

Er mich jedoch nicht. Fast täglich meldete er sich jetzt bei mir. Erst auf die harmlos-freundliche Methode: »Du hast deine Bestellung noch nicht abgeschlossen.« Doch mit jedem Tag, an dem ich mich nicht um ihn kümmerte, wurde er hartnäckiger: »Ich vermisse dich. Ich habe noch Sachen für dich. Lass mich nicht warten.« Fünfzehn Mails in zweieinhalb Wochen von einem digitalen Warenkorb.

Übrigens: Wie alt muss ich eigentlich werden, bis das Internet mich nicht mehr duzt? Und auch Warenkörbe, wenn sie mich schon penetrant anschreiben, zum höflich-distanzierten »Sie« übergehen? Schließlich kennen wir uns doch gar nicht. Meine Bestellung sagt ja noch nicht einmal etwas verlässlich über meinen Geschmack aus. Weil der sich, wie ich jetzt weiß, schnell mal über Nacht ändern kann.

Ich habe meinem Einkaufswagen nicht geantwortet. Vielleicht hat er sich samt seinen Tellern und Tassen vom virtuellen Kassenband gestürzt? Irgendwann jedenfalls kam keine Post mehr von ihm. Die ersten Tage fehlte mir regelrecht etwas.

Wer weiß, vielleicht hätte sich ja sogar eine wunderbare Brieffreundschaft daraus entwickeln können? Ich hätte ihm geschrieben, was es bei uns am Wochenende zum Mittag gibt und von welchem Tellerchen ich gegessen habe. Und er mir, wie es sich anfühlt, zehn Tage mit pastellfarbenem Geschirr in der Ecke zu stehen. Oder auch, was Kunden noch kauften, nachdem sie bei Tellern und Tassen in farblich gebremstem Steingut zugegriffen hatten.

Es hat sich nicht ergeben. Vielleicht, weil er anfänglich ein bisschen viel Druck auf mich ausgeübt hat. Kein Wunder, dass ich mich seit seinem hartnäckigen Drängen nicht mehr an Online-Bestellungen gewagt habe. Erst wollte ich wieder eine gewisse mentale Stärke aufbauen, um für eventuell bohrende Nachfragen gewappnet zu sein. Nun jedoch ist mir der Staubsauger-Notfall dazwischengekommen.

Daraus wird selbstredend keine Brieffreundschaft, die Staubsaugermodelle drängeln sich ja regelrecht in mein Leben und buhlen seitenweise um Aufmerksamkeit. Und meine bisherigen Versuche, sie abzuschütteln, scheiterten kläglich.

Wenn ich es recht bedenke, bin ich außerordentlich froh, dass die Produkte in unserem Supermarkt nicht sprechen können. Nicht auszudenken, wenn sie mir auch noch lautstark meine ganze Kundenhistorie wieder und wieder aufs nicht gekaufte Knäckebrot schmieren würden.

So hingegen genieße ich die Ruhe an Kühltheken, Obststiegen und Süßwarenregal in der freudigen Gewissheit, dass morgen schon längst vergessen sein wird, was ich heute im Wagen habe. Wie lange uns das wohl noch vergönnt ist?

Davongekommen

Kann man mit den Augen rollen, ohne mit den Augen zu rollen? So, wie die Verkäuferin schaut, als ich das Geschäft betrete, bin ich mir sicher: Sie kann.

An den riesigen Schaufenstern ruft es allenthalben von handgeschriebenen Plakaten: »Alles muss raus!«. Jetzt, da mich der Blick der Frau am Tresen trifft, frage ich mich allerdings, ob hier am Ende gar nicht die Matratzen und Aufleger gemeint sind …

Der Geruch von Pommes mit einer stattlichen Dosis Fett steigt mir in die Nase. Unbeabsichtigt bin ich in eine verspätete Mittagspause geplatzt. Ich habe trotzdem nicht vor, gleich wieder zu gehen. Dafür hat mich das Hierherkommen zu viele Anläufe gekostet. Meine bisherigen Versuche, eine Matratze zu kaufen, scheiterten stets an mangelndem Elan, garniert mit einer doppelten Portion Unlust. Kein Wunder, dass mir meist schon auf dem Weg zum Geschäft, allerspätestens aber wenige Meter vor den Glastüren irgendetwas Dringendes dazwischenkommen wollte.

Auf der Beliebtheitsskala meiner Muss-irgendwann-mal-sein-Einkäufe rangiert Matratzenkaufen an Position drei, gleich hinter Autoreifen (keine Ahnung) und Handyvertrag (Dschungelgefühl pur). Dementsprechend mittelprächtig gelaunt stehe ich jetzt im Geschäft. Allerdings bemühe ich mich redlich, mir meine Übellaunigkeit nicht schon auf zehn Meter Entfernung ansehen zu lassen. Sonst wären wir in diesem Laden nämlich schon mal zu zweit.

»Sie wünschen?« Die Verkäuferin kommt hinter ihrem Verkaufstisch hervor und drei Schritte auf mich zu. Dann bleibt sie abwartend stehen. Vielleicht hofft sie ja, dass ich es mir gleich anders überlege und auf dem Absatz kehrtmache? Dann wären auch ihre Pommes noch genießbar, die sie kurz zuvor auffällig unauffällig hinter die Kasse geschoben hat. In ihrem »Sie wünschen« schwingt eine Konzentration an Phlegma mit, dass ich einen Augenblick lang geneigt bin, ihr einfach die zwischen uns liegende Matratze anzubieten, damit sie sich erst einmal eine Runde aufs Ohr legen kann.

»Ich suche eine Matratze«, sage ich, höre jedoch selbst, wie zwischen den Buchstaben meine Unentschlossenheit durchtropft. Das gibt der Verkäuferin womöglich bereits den Rest, obgleich ich erst seit zweieinhalb Minuten im Laden stehe: Ich bin nicht nur eine Kundin, die die Mittagspause stört, ich mache zudem nicht den Eindruck, als wäre ich bereit, hier überhaupt Geld zu lassen. Ob wir das Unterfangen an dieser Stelle besser abbrechen? Sie könnte ihre Pommes essen. Ich könnte mich ins Café setzen. Sie könnte beim Feierabendbier erzählen, wie sie eine nervige Kundin losgeworden ist. Und ich beim Abendessen berichten, dass ich beinahe eine Matratze gekauft hätte.

Sie holt hörbar Luft: »Schaumstoff, Federkern, Kaltschaum?« Ich höre die Worte, die sie ohne Punkt und Komma herunterleiert, und frage mich unwillkürlich: Wie oft sagt sie wohl diese drei Worte am Tag? Und wie erträgt sie es, diese drei Worte jeden Tag aufs Neue in den Mund zu nehmen? Ohne Hoffnung auf Ersatz, Saisonware, Buchstabenwechsel? Statt mich mit den wirklich wichtigen Fragen des Moments zu beschäftigen und somit die Weichen für meinen gesunden Schlaf zu stellen, kreist mein Hirn um die berühmten drei Worte dieses Matratzen-Landes. Ich kann nicht anders. Nicht nur hier. Ich frage mich an der Supermarktkasse, wie die Verkäuferin das tausendfache Piepen erträgt; an der Theke im Subway, wie die immer gleiche Frage: »Welches Sub, getoastet oder ungetoastet?«, flüssig über die Lippen kommt, und ... ich könnte die Reihe schier endlos fortsetzen.

Die Verkäuferin schaut mich an und wippt ungeduldig mit dem linken Fuß. Schließlich hängt ihre Frage noch unbeantwortet im

Raum, gemeinsam mit der Pommes-Duftmischung. Mein Verstand zuckt mit den Schultern und flüstert: Hab ich dir gleich gesagt, du musst dich vorher belesen. Sonst stehst du dumm da. Ich habe mich nicht belesen. Kaltschaum? Klingt hart und ungemütlich. Ein Frösteln kriecht mir das Kreuz hinauf. Ginge es nach meinem Rücken, er wäre längst aus dem Laden gestürmt, um sich zu Hause auf der vertrauten, wenn auch durchgelegenen Matratze zusammenzurollen. Es geht nicht nach ihm. Aber es geht auch nicht ohne ihn. Letztlich entscheidet hier jeder seiner einzelnen Wirbel, was wir uns unter das Hohlkreuz legen wollen.

Ich straffe mich kurz und erkundige mich mehr aus Höflichkeit nach den Vor- und Nachteilen von Schaumstoff, Federkern und Kaltschaum. Zehn Minuten Ausführungen später kann ich ein Gähnen kaum noch unterdrücken, weiß aber in der groben Zusammenfassung, dass Kaltschaum für mich die geeignete Wahl zu sein scheint. Wer hätte das gedacht? Mein Rücken jedenfalls nicht.

Der nächste Punkt im Fragenkatalog der unerbittlichen Verkäuferin lautet: »Was haben Sie sich denn preislich vorgestellt?« Fast vermute ich, sie revanchiert sich mit ihrem zähen Nachfragen für ihre kälter und kälter werdenden Pommes. Obwohl ich natürlich weiß, dass die Frage nach dem Preis irgendwie gerechtfertigt ist.

Also, was habe ich mir denn vorgestellt? Nun, am liebsten wäre mir, das Ganze ginge aufs Haus. Alternativ nehme ich die beste Matratze zum halben Preis, inklusive ihrer Anlieferung und Entsorgung der alten. Das alles behalte ich wohlweislich für mich. So, wie die Verkäuferin guckt, scheint sie nämlich nicht zu Späßen aufgelegt zu sein. Jedenfalls nicht mit mir. Nur, was habe ich mir denn preislich vorgestellt? Ehrlich? Nichts. Ich habe mir gewissermaßen auch die Frage nach dem Preis bis eben nicht gestellt. Ich bin froh, es überhaupt bis über die Türschwelle dieser Filiale geschafft zu haben. Meine Vorstellung war eher so: reinkommen, Daumenprobe an der Matratze, Gegendruck für gut befinden, auch dem Preis intuitiv ein »Daumen hoch« hinterlassen, bezahlen und ab nach Hause.

Der Verstand schüttelt unmerklich den Kopf, er ist gelinde gesagt fassungslos. Ich gebe ihm zumindest innerlich kleinlaut recht. Ich muss jetzt was sagen. Irgendeine Zahl. Also rufe ich der Verkäuferin eine dreistellige Summe zu, spontan errechnet aus der Quersumme der teuersten Kaltschaummatratze, die ich erspähen kann, multipliziert mit meiner gefühlten Ausgabe-Schmerzgrenze, abzüglich des nicht näher definierten Faktors x^2. Ich hoffe, damit finde ich Gnade – vor der Verkäuferin. Und vor meinem Kreditinstitut.

Erstere lässt sich zu meiner Preisvorstellung nichts anmerken. Wortlos dreht sie sich um und läuft in eine der hinteren Ecken. Ich folge ihr. Die Matratzen zu meinen Tarifen liegen augenscheinlich nicht vorn im Rampenlicht, sondern mehr so hinten links gleich neben der Fluchttür. Sie zeigt auf zwei Matratzen, deren Preise mich kurz stutzen lassen. Entweder handelt es sich hier um ein attraktives Zwei-für-eins-Angebot, oder die talentierte Kollegin hatte in Grundschulklasse zwei die Kleiner-/größer-als-Regel verpasst. Wahrscheinlich verschlafen.

Fragend blicke ich die Verkäuferin an. Die nimmt mit geübtem Griff ihren Taschenrechner aus der Gesäßtasche, tippt wild auf den Tasten herum und zeigt mir dann triumphierend eine Summe, die sich zumindest tendenziell in meiner Preisklasse bewegt. Das Ergebnis scheint wohl auf einer ähnlichen Gleichung zu beruhen wie mein berechnetes Preislimit.

Ich frage nicht weiter nach; der Preis sagt mir zu. Ich fühle mich am Ziel. Leider trügt das Gefühl, und zwar mächtig. Tatsächlich geht's jetzt erst richtig los. Ich muss Probe liegen. Mein Gegenüber erwartet es. Mein Verstand fordert es. Wo er recht hat, hat er recht. Sonst hätte ich ja auch gleich online bestellen können.

Langsam lasse ich mich auf das Bett mit meiner Testmatratze sinken und strecke mich dann vorsichtig aus. Die Verkäuferin schaut mir zu. Blickt mich siegessicher an. Was erhofft sie sich? Dass ich nach viereinhalb Sekunden begeistert aufspringe und rufe: »Die oder keine!«? Da muss ich sie enttäuschen.

Ich liege auf dieser Matratze und habe keinerlei Gefühl im Körper. Ist die gut oder schlecht? Weich genug oder zu hart? Mein Rücken bleibt stumm. Scheint so, als läge er tatsächlich schon zusammengerollt zu Hause. Meine verspannten Schultern wispern:

Kein Kommentar. Mein Becken tönt: Also ich will am Ende nicht schuld sein, wenn es die falsche ist. Toll. Wirklich ungemein hilfreich.

Die Verkäuferin schaut immer noch, jetzt nicht mehr ganz so siegessicher. »Sie können gern mal Ihre Jacke ausziehen und den Schal ablegen.« Irritiert schaue ich sie an. Will sie mir mein Nachthemd bringen? Lullt sie mich sanft in den Schlaf, damit ich anschließend den Kaufvertrag für drei Matratzen unterschreibe?

Plötzlich überkommt mich eine ungeheure Sehnsucht nach meinem Zuhause. Nach meinem Sofa. Nach meinem Bett. Nach meiner alten Matratze. Nach Ruhe. Ein Läuten an der Glastür lässt die Verkäuferin und mich zusammenzucken. Ein älteres Ehepaar betritt den Laden. »Ich bin gleich bei Ihnen«, tönt Fräulein Pommes einmal quer über Federkern und Aufleger hinweg und schaut dann fragend zu mir: »Sie kommen so weit zurecht?« Es ist eigentlich keine Frage. Eher ein Auftrag an mich. Weil sie sich jetzt viel lieber den gut betuchten und wohl auch deutlich kaufwilligeren Herrschaften zuwenden möchte. Soll sie. Mit einem Nicken lasse ich sie ziehen – hin zu neuen Träumen aus Schaumstoff, Federn und Kernen. Ich komme zurecht. Wenigstens dahingehend bin ich mir sicher. Denn ich wittere meine Chance, hier ohne Nachthemd und Kaltschaum davonzukommen.

Kurz darauf stehe ich tatsächlich draußen. Ich habe den Absprung geschafft. Ich freue mich aufs Café und meinen Espresso samt einem Stück Schokoladenkuchen. Und heute Abend würde ich beim Abendessen erzählen, wie ich beinahe eine Matratze gekauft hätte.

Aufgegangen

Mein Entschluss steht fest: In meinem nächsten Leben komme ich als Mann auf die Welt. Ich würde mich je nach Lebensmittelpunkt auf mein Pferd schwingen oder in einen Jaguar SUV. Ich würde im Anzug eine gute Figur abgeben, Bedienungsanleitungen mit einem gönnerhaften »Wer braucht denn so was?« in die Tonne werfen und mit nacktem Oberkörper Holz hacken. Die Frau meines Lebens läge in meinen Armen, und ich würde ihr zuflüstern: »Vertrau mir, Baby!« Auch wenn längst der Zweifel an mir und meinen Stärken nagt. Und: Ich würde Bierflaschen mit den Zähnen öffnen.

Womit ich schlagartig in meiner Realität zurück bin: im Leben einer Frau, am See sitzend, vor ihr eine Flasche Radler. So was gäbe es in meinem nächsten Leben auch nicht mehr: irgendwelche halben Sachen. Und halb-halbe schon gar nicht. Von wegen ein bisschen Bier mit ein bisschen Limo. Ganz oder gar nicht, wäre die Devise.

So aber steht das Halb-und-Halb vor mir. Abgefüllt in einer Flasche. Ungeöffnet, sollte ich noch dazusagen. Ich bin mutterseelenallein. Nicht, weil mich keiner mehr liebhat, sondern weil alle tief und fest in ihren Zelten schlafen, die unweit des Sees aufgeschlagen sind. Nicht ungewöhnlich um diese Zeit. Es ist weit nach Mitternacht. Mich hat ein Geräusch aus den Tiefen des Schlafs zurückgeholt. Und weil ich auch nach einer guten halben Stunde

Zelthimmel-Anschauen keine Müdigkeit verspüre, stehe ich auf und mache mich still und leise auf den Weg zum See. Im Dunkel der Nacht greife ich mir meine Jacke und eine Flasche Radler aus dem Kasten neben dem längst erloschenen Lagerfeuer. Als ich aus dem Waldstück trete, sehe ich den Sternenhimmel über und den spiegelglatten, dunklen See vor mir. Die Luft ist erstaunlich mild.

Ohne großes Zutun formt sich in meinem Kopf ein Bild: ich am See, Radler trinkend und übers Leben sinnierend. Ein bisschen wie im Film. Obwohl mir spontan grad kein Film einfällt, in dem die Hauptdarstellerin Radler trinkt. Aber ich will nicht kleinlich sein. Ich stelle es mir schön vor. So schön, dass ich meinen Freunden beim Frühstück vermutlich davon vorschwärmen würde. Leider fehlen meinem Bild ein paar Puzzleteile, wie ich kurz darauf feststelle: In der Aufbruchsstimmung am Zelt habe ich den Öffner vergessen. Das gibt's auch nur in meinem Film. So fordern blöderweise die Flasche und besonders das Öffnen derselben meine ganze Aufmerksamkeit. Damit fällt auch das Grübeln über Sinn oder Unsinn des Lebens erst mal ins Wasser. Und nun?

Ich könnte auf YouTube schauen, dort gibt es zu jeder noch so absurden Idee und Frage ein Tutorial. Passend zu meinem Film habe ich auch kein Handy dabei. Es liegt, wahrscheinlich Seite an Seite mit dem Öffner, gemütlich im Zelt.

Bis eben hatte ich keinen Durst, jetzt allerdings, da ich weiß, ich kriege die Flasche nicht auf, scheint meine Kehle wie ausgedörrt zu sein.

Für einen Moment ziehe ich tatsächlich in Erwägung, das Öffnen mit den Zähnen zu probieren, lasse die Idee aber ganz schnell wieder fallen. Ich weiß nicht einmal in der Theorie, wie das funktioniert. Was also soll das in der Praxis ergeben? Knirschende Zähne unterm Sternenhimmel?

Was wohl ein Mann in einem solchen Moment tun würde? Den Flaschenhals abschlagen? Den Deckel mit einem Feuerzeug zum Nachgeben zwingen? Oder sich mit trockener Kehle zurück ins Zelt schleichen und am nächsten Morgen schweigend am Frühstückstisch sitzen, da die Geschichte der Nacht zu nichts taugt? Vor allem nicht zum Erzählen?

Neulich blinkte in meinem Auto eine Warnlampe. Ich hatte keine Ahnung, was mir die Lampe, mein Auto oder der Hersteller sagen wollten. Erst einmal ließ ich sie blinken. Beim Fahren störte das nicht sonderlich. Irgendwann fragte mich ein Freund, warum ich die Glühbirne hinten rechts nicht einfach mal wechselte? Tja, warum eigentlich nicht? Vermutlich, weil ich noch nicht einmal ahnte, dass es sich bei der blinkenden Leuchte vor mir um einen Hilferuf von hinten rechts handelte. Ohne es groß besprochen zu haben, brachte er beim nächsten Mal eine Ersatzbirne mit, krempelte die Ärmel hoch, schraubte ein bisschen und tauschte sie binnen fünf Minuten gegen die alte. Ein Mann, ein Wort. Und eine Frau? Ein Problem? Oder ein »Lass uns erst mal darüber reden«?

Ich gebe es gerne zu: Ich genieße es, manche Dinge, die erledigt werden müssen, an einen Mann abgeben zu können. Reifen wechseln. Löcher in Wände bohren. Warnlampen zum Schweigen bringen. Einerseits. Andererseits nervt es mich, dass ich dann, wenn das starke Geschlecht zum Beispiel schlafend im Zelt liegt, mit trockenem Mund vor einer Flasche sitze. Ahnungslos. Hilflos. Aufgeben ist doch keine Option, oder? Weder vor verschlossenen Flaschen noch vor blinkenden Lämpchen.

Die Nacht am See hat mir die Augen geöffnet. Dank einer ungeöffneten Flasche. Das Leben hat manchmal echt Sinn für Humor.

Als wir vom Zelten zurückkommen, klemme ich mir beim Auspacken des Wagens das Handbuch unter den Arm. 120 Seiten dick. Alle auf Deutsch. Leider. Doch mein Entschluss steht fest. In diesem Auto blinkt keine Lampe mehr, die ich nicht kenne.

Nächste Woche wollen wir im Flur ein Bild anbringen. Ich weiß schon, wer die Löcher bohrt. Und dabei werde ich in meinem Lieblingskleid eine gute Figur machen. Wenn schon, denn schon. Holzfällerhemden kann ich im nächsten Leben ja noch zur Genüge tragen.

Verzettelt

Am Morgen stehen zwölf Punkte auf meiner To-do-Liste. Am Abend sind acht davon noch offen. Dafür sind am unteren Ende sechs neue Positionen dazugekommen. Ich muss kein Mathe-Ass sein, um festzustellen, dass die Rechnung auf lange Sicht nicht aufgeht. Auf kurze allerdings auch nicht.

Früher mochte ich To-do-Listen. Erst schrieb ich sie fürs Büro. Irgendwann für zu Hause. Und am Ende sogar für unseren Urlaub, um ja nicht etwas nicht getan zu haben, was man an diesem oder jenem Ort unbedingt getan haben sollte. Die Listen sollten Ordnung in meinen Kopf, meine Gedanken und mein Leben bringen. Schwarz auf weiß notiert. Eine Entlastung für Herz und Hirn, damit mir keines der tausend wichtigen Dinge durch die Lappen ging.

Dank des Internets fand ich sogar hübsch gelistete Muster für alle Fälle und Lebenslagen. Und hing sie freudig überzeugt in Flur und Küche.

Und doch war das Ergebnis stets gleich: Die Liste der To do's wurde lang und länger; mein Gesicht ebenso. Irgendwann kam ich an den Punkt, manche Dinge nur deshalb draufzuschreiben, um sie möglichst schnell wieder als erledigt streichen zu können. Und mich dabei zumindest mal einen winzigen Moment zu freuen.

Eines Tages las ich eine To-do-Liste über die einhundert Dinge, die man in seinem Leben getan haben sollte. Hat sich eigentlich mal jemand gefragt, was passiert, wenn überall das Häkchen dahinter ist? Muss ich dann den Löffel abgeben, auch wenn mir die Zeit dafür noch gar nicht reif erscheint?

Für mich war das die Wende: Was soll es bringen, am Ende jedes Tages festzustellen, dass noch so viel Liste übrig ist? Und überhaupt: Die wirklich wichtigen Dinge stehen da sowieso nicht drauf. Mit dieser Erkenntnis im Gepäck lief ich durch die Wohnung, sammelte alle Listen ein und entsorgte sie ohne den Hauch von schlechtem Gewissen im Papierkorb.

Ab diesem Zeitpunkt erlaubte ich nur noch einer einzigen Liste die Daseinsberechtigung in meinem Leben: dem Einkaufszettel. Doch auch der hat leider seine Tücken, wie ich an einem Freitagnachmittag entnervt feststellen darf. Obwohl mich diese Erkenntnis nicht zum ersten Mal trifft. Von wegen »Versuch macht klug«. Ich habe gerade keine Ahnung, wie viele Versuche ich in meiner Testreihe noch brauche, bis ich klugerweise an meinem Handeln etwas ändere und nicht nur darüber nachdenke, was gerade aus dem Ruder läuft.

Am Morgen dieses Freitags hatte ich, meinem alten Muster folgend, eine Einkaufsliste geschrieben. Sechzehn Punkte umfassend. Stück für Stück ergänzt. Dafür hatte ich die Liste in Reichweite meines Rechners gelegt in der stillen Hoffnung, dass ich für den Wochenendeinkauf nichts vergesse.

Als ich am späten Nachmittag den Supermarkt betrete und meine Einkaufsliste aus der Jackentasche ziehen will, greife ich ins Leere. Schlagartig fällt es mir ein: Ich hatte vorhin noch schnell meine dünnere Strickjacke gegriffen, die Fleecejacke vom Morgen schien mir zu warm zu sein. Nun komme ich trotzdem ins Schwitzen: Ich stehe ohne Liste da. Mein Zettel steckt sorgsam zusammengefaltet in der anderen Jacke.

Sechzehn Punkte. So viel weiß ich, denn ich war beim Schreiben selbst so erstaunt über die Anzahl der Dinge, die mir eingefallen waren, dass ich zum Schluss die Anstriche zählte. Jetzt allerdings kann ich mich gerade mal an Butter erinnern. Ob wir damit übers Wochenende kommen würden?

Dass meine sorgsam zusammengetragenen Einkaufszettel ihr Dasein in falschen Jackentaschen, auf heimischen Kommoden oder dem Büroschreibtisch fristen, ist geradezu exemplarisch. Zur falschen Zeit am falschen Ort? Wir können das!

Klar, jeder Gang macht schlank, sagt schon der Volksmund. Und natürlich kann ich all die vergessenen Sachen im zweiten Anlauf besorgen. Doch wenn ich so weitermache, muss ich aufpassen, dass von mir am Monatsende noch etwas übrig bleibt, so oft, wie ich in den vergangenen Wochen Gänge doppelt und dreifach gemacht habe. Da brauchte es schon manche Zwischenmahlzeit, um nicht gänzlich vom Fleisch zu fallen. Apropos, Fleisch steht, glaube ich, auch auf meiner Einkaufsliste. Oder war das letzte Woche?

Ob das erneute Vergessen meiner Liste ein Wink mit dem Einkaufszettel ist? Mir mal mögliche Alternativen zu überlegen? Oder mich schlicht und ergreifend wieder aufs eigene Hirn zu verlassen in dem Vertrauen, dass mir die wichtigsten Punkte schon einfallen würden, wenn es so weit ist? Ein Leben ohne Gedankenstütze? Stelle ich mir ein bisschen so vor wie alt werden ohne Rollator. Stattdessen vorsichtiges Vortasten mit maximal einem Stock in der Rechten. Klingt spannend und wacklig gleichermaßen.

Unzählige Jahre habe ich mich auf meinen geistigen Papier-Rollator gestützt. Dabei ist mir zwar nicht wie bei manch alten Leuten der Rücken krumm geworden, wohl aber das Hirn. Ich traue meinem Gedächtnis selbst nicht mehr über den Weg. Wie ein Junkie an der Nadel hänge ich am Zettel.

Ich glaube, ich fange mal verspielt an: Statt den Koffer »packe ich meinen Einkaufswagen und nehme mit …«. Vielleicht sind am Anfang nur drei, vier Sachen drin. Schont zumindest die Haushaltskasse. Und im besten Fall sorgt es für Erheiterung in der Küche: Wenn ich ohne Hackfleisch in der Einkaufstüte eine leckere Bolognese zubereiten will.

Für den Übergang sollte ich wohl besser für eine gut gefüllte Vorratskammer sorgen. Nur, wie merke ich mir, was es dafür alles braucht?

Gescheitert

Ich bin mir sicher. Ziemlich sicher. Dieses Mal wirklich. Zum Dritten tippe ich vier Ziffern ein und drücke auf »Bestätigen«. Die Antwort lässt nicht lange auf sich warten: »Ihre Eingabe ist falsch. Ihre Geldkarte wurde aus Sicherheitsgründen eingezogen. Bitte wenden Sie sich an Ihren zuständigen Bankberater.« So also kann man sich irren. Nicht man, sondern ich.

Ein bisschen fühle ich mich wie beim Roulette: Ich habe alles auf eine Zahl gesetzt – und verloren. Zwar ist glücklicherweise mein Geld noch da. Aber nicht heute. Nicht für mich. Und an meine stets freundlich zugewandte Bankberaterin brauche ich mich verständlicherweise um diese Zeit auch nicht zu wenden. Es ist Freitagabend. Am Schalter waren längst die Rollläden heruntergegangen. Wer jetzt noch Geld wollte, hatte ja einen rund um die Uhr einsatzbereiten Automaten zur Verfügung. Der Automat ist zweifellos bereit. Nur mein Hirn nicht – mir die Zahlen zum großen Wurf preiszugeben.

Dabei brauche ich Geld. In meinem Portemonnaie habe ich exakt noch drei Euro und zwanzig Cent. Samt meiner Karte verschwindet allerdings auch meine finanzielle Freiheit und Unabhängigkeit in den Tiefen des Bankautomaten. Das Wochenende hat noch nicht einmal richtig angefangen, und ich bin bereits pleite. Und das nur, weil ich mir vier Ziffern nicht merken kann. Und sie auch nicht aufschreiben darf. Wer hat sich eigentlich dieses perfide Spiel ausgedacht?

Wenn ich ehrlich bin, es ist nicht das erste Mal, dass ein Automat meine Karte verschluckt. Zu meiner eigenen Sicherheit, wie er es mir immer wieder gern schriftlich gibt. Ich indes habe trotz der Vorfälle nicht den Schimmer einer guten Idee, wie ich mir meine Geheimzahl am besten merke. Und die gefühlt tausend anderen Pins. In meinem Kopf ist nicht automatisch ein Platz frei geworden, nur weil ich meine Telefonnummern mittlerweile im Handy speichere und sie nicht mehr auswendig lernen muss. Vielmehr filtert mein Hirn nach wie vor in nützliches und unnützes Wissen. Seltsamerweise rutschen Pins wieder und wieder in letztere Kategorie. Ich bin eben nicht so der Zahlenmensch. Keine Ahnung, ob ich auf lange Sicht so überhaupt (über)lebensfähig bin?

Ich hätte vielleicht eine Chance, wenn es nur diese vierstelligen Zahlen wären. Doch das ist ja eben erst der Anfang. Denn die eigentliche Krönung der Schöpfung heißt Passwort. Wilde Kreationen aus Groß- und Kleinschreibung, Zeichen und Sonderzeichen. Die keiner aussprechen kann und die man ebenfalls nicht aufschreiben darf. Obwohl sie mindestens zehn Zeichen lang und in keinem Wörterbuch zu finden sein sollen. Geht's eigentlich noch ein bisschen beschwerlicher?

Wenn ich mein Leben mal in Passwörtern hochrechne, vergebe ich bis zu meinem geschätzten Lebensende gut und gerne mehr als zweihundertfünfzig. Zum einen für Neuanmeldungen. Zum anderen aber, und da geht der Spaß erst richtig los, für das regelmäßige Neuvergeben ebenjener Buchstaben-Zahlen-Konstrukte. Da ist einem gerade ein hübsches Passwort eingefallen und fast ein bisschen ans Herz gewachsen, und ehe man sich's versieht, sind sechs Wochen um – und das nächste ist fällig.

Wer, bitte schön, soll sich die alle merken? Und vor allem: die alten vergessen? Und zwar in der richtigen Reihenfolge? Denn aufschreiben ist ja wie gesagt strengstens verboten. Obwohl ich mich manchmal im Stillen frage, wie hoch wohl die Wahrscheinlichkeit ist, dass jemand die Notizen mit meinen Passwörtern in meiner Wohnung sucht – und findet. Da hätte ich ja bei mir selbst schon leise Bedenken.

Wundert es da, dass selbst im vergangenen Jahr noch eines der am häufigsten verwendeten Passwörter »Passwort« war? Könnte von mir sein. Obwohl ich auch kreativ sein kann. Bringt mir aber meist nicht viel, weil es damit noch schwieriger wird, mich in weniger kreativen Momenten an meinen zündenden Einfall zu erinnern.

Doch das Ringen um neue Passwörter wird wohl sowieso immer zäher. Neulich stritt ich satte zehn Minuten mit dem Sicherheitssystem einer Seite, bis es mir mein neues Passwort durchgehen ließ. Meine ersten Versuche waren ihm »zu kurz«, »zu schwach«, »zu ähnlich«. Irgendwann hatte ich ein Ungetüm aus Zahlen und Zeichen zusammengewürfelt, erfolgreich wiederholt und war gnädig durchgewinkt worden.

Als ich mich eine gute halbe Stunde später von der Seite abmeldete, fiel mir im gleichen Moment ein, dass ich keine Ahnung mehr hatte, wie mein Passwort hieß. Zum flüssigen Nachsprechen taugte es nicht, so viel wusste ich noch. Ob ich mich auf dieser Seite jemals wieder erfolgreich anmelden könnte? Es wäre nicht die erste und wohl ganz sicher nicht die letzte Seite, für die ich meine digitale Identität vergessen hatte. Hoffnungsfroh drückte ich den »Passwort vergessen«-Button – nur um mich kurz darauf zu erinnern, dass ich mich, wie schon des Öfteren, einer frei erfundenen Mailadresse bedient hatte. Ich wollte mich schlicht vor einer möglichen Flut an Werbung schützen. Nun kam allerdings auch der rettende Passwort-zurücksetzen-Link nicht zu mir durch.

Mit Wehmut denke ich an eine hübsche Website für regionale Kleinkunst zurück, die ich vor zwei Jahren entdeckte. Leider kann ich dort ohne fremde Hilfe nichts mehr bestellen. Ich bin bereits registriert, mit meinem Namen und meiner Adresse. Doch nach einer längeren Pause scheiterte ich erfolgreich an der Anmeldemaske. Erst versuchte ich es mit verschiedenen Benutzernamen. Dann mit demselben Benutzernamen und unterschiedlichen Passwörtern. Nach dem zehnten Versuch war Schluss. Ich wurde für den Zugang gesperrt. Eine neue Anmeldung mit meinem Namen und derselben Adresse ist nicht erlaubt. Glaubt mir wohl keiner, dass ich es bin. Dabei bin ich wirklich ich. Auch wenn ich mich nicht mehr an meinen Kleinkunst-Benutzernamen erinnern kann. Oder das richtige Passwort. Ich weiß bis heute nicht, was von beiden eigentlich falsch war.

»Benutzername oder Passwort falsch«, funkelt es stattdessen in hübscher Regelmäßigkeit durch mein Leben – mahnend in Signalrot. Als würde ich es sonst nicht ernst genug nehmen.

Kleiner Tipp an dieser Stelle: Es würde genügen, das Mahnmal gegen die digitalen Erinnerungslücken in zartem Grün zu setzen. Grün ist die Farbe der Hoffnung, liebe Programmierer. Dass doch noch alles gut wird. Einfach weil einem im besten Moment der richtige Benutzername kombiniert mit dem richtigen Passwort einfällt. Nachschauen ist ja aus bekannten Gründen nicht.

Ich jedenfalls habe jetzt die freie Wahl: Ob ich am Montag erst mal meine Bankberaterin kontaktiere. Oder erst den Administrator, um mir Zugang zu meinem PC zu verschaffen. Vielleicht suche ich aber auch erst mal die Super-Pin, um mein Handy wieder freizuschalten.

Befreit

Ob mich jemand hört, wenn ich laut rufe? Um diese Zeit? Es ist 5.40 Uhr. Selbst die Sonne macht sich zu dieser frühen Stunde noch rar. Von den restlichen Familienmitgliedern ganz zu schweigen. Ich liege auf meinem Teppich und befinde mich in einer mehr als unvorteilhaften Yogaposition, die sich Fisch nennt. Ich bin leider ein Fisch auf dem Trocknen. Mein Nacken ist nach hinten überstreckt. Meine Arme habe ich dermaßen weit unter meinen Rücken geschoben und gekreuzt, dass ich selbst kaum noch links von rechts unterscheiden kann. Kein Wunder, dass mir beide ohne Vorwarnung eingeschlafen sind. Das liegt sicher nicht nur am frühen Morgen, sondern vor allem an der mangelnden Blutzufuhr. Mein Nacken fühlt sich an wie in Beton gegossen. Womöglich habe ich es in meinem grenzenlosen sportlichen Ehrgeiz ein winziges bisschen übertrieben und mir auf dem YouTube-Video die falschen Vorbilder ausgesucht. Ich war wohl auch mehr als angestachelt von den so hippen Beschreibungen, die mir das Ende der Müdigkeit, eine entspannte Verdauung und eine vollkommen befreite Atmung versprachen. Nun allerdings frage ich mich in der morgendlichen Dämmerung meiner Stube ängstlich, ob ich mich aus dieser Haltung ohne fremde Hilfe und ohne mir das Genick zu brechen wieder befreien kann.

Bereits meine zuvor absolvierte Yogafigur »Herabschauender Hund« hatte mir so mächtig in den Oberschenkeln gezogen, dass es schlicht und ergreifend zum Jaulen war. Dann begannen auch noch meine Arme mitleiderregend zu zittern. Was in Gottes Namen tue ich hier?

Genau genommen tue ich es bereits seit gut einer Woche: Sport am Morgen. Es ist ein weiterer Versuch, etwas für meine Beweglichkeit und Kraft zu unternehmen. Möglicherweise ein eher hilfloser Versuch, wie sich jetzt herausstellt. Denn mir fehlt nach derzeitiger Einschätzung nicht nur die Kraft, sondern auch die Beweglichkeit, um mich wenigstens gefahrlos aus meiner verdrehten Position zu lösen. Meine Arme summen in ihrem Tiefschlaf schon jetzt wie ein ganzer Bienenschwarm. Wenn ich nicht bald aus dieser prekären Lage herauskomme, geht mir über kurz oder lang die Puste aus – da braucht es dann auch keine weiteren Hunde, Krähen oder Fische mehr. Dann ist Schluss mit lustig. Obwohl es lustig ja gar nicht ist. Auch nie war. Auf meinem Grabstein würde vermutlich einfach nur stehen: »Sie machte den Fisch.«

Dabei mag ich Yoga. Nicht ohne Grund habe ich es mir als Teil meiner sportlichen Routine im Morgengrauen ausgesucht. Wobei das Wort Routine leider nicht angebracht ist. Ich bin von sportlicher Routine, noch dazu vor sechs Uhr, ungefähr so weit entfernt wie die Wüste Gobi von der Arktis. Jedenfalls gehören Liegestütze, Seilspringen und ein paar Übungen aus dem Qi Gong ebenfalls dazu. Alles in allem dreißig Minuten am Stück. Dafür stelle ich mir abends den Wecker in einer Augen-zu-und-durch-Mentalität auf 5.30 Uhr.

Ich bin jeden Tag aufs Neue verwundert, dass mein Körper um diese Zeit überhaupt aus den Kissen kommt. Wahrscheinlich hat er jedes Mal vergessen, was ihn zu dieser frühen Stunde tatsächlich erwartet. Ich bin überzeugt, es gibt wissenschaftliche Studien über die Häufigkeit von Totalamnesie ohne äußeren Einfluss, die einen besonderen Ausschlag zwischen vier und sechs Uhr aufweist. Ich wäre dafür eine weitere Bestätigung. Vielleicht sollte ich meine Krankenkasse darüber informieren, damit meine Ergebnisse in diesen Studien Berücksichtigung finden können?

Selbst wenn ich wollte – momentan kommt der Fisch nicht an den Hörer. Sonst würde ich zunächst mal den Notarzt rufen.

Oder die Nachbarn. Ich bin mir nicht einmal sicher, ob sich diese Geschichte später gut in der Mittagsrunde erzählen lassen würde. Denn so richtig viel passiert ja nicht. Außer: Ich liege. Und zehn Minuten später: Ich liege immer noch.

Bereits zum sechsten Mal in Folge war mir mein müder Körper heute Morgen auf den Leim gegangen. Selbst beim Gang in die Stube schien er noch ahnungslos gewesen zu sein. Erst als ich versuchte, ihn samt seiner nachtträgen Knochen auf dem Teppich liegend in den Liegestütz zu drücken, fiel es ihm wieder ein. Sozusagen wie Schuppen von den Augen. Womit wir wieder beim Fisch wären. Langsam wird mir die Luft tatsächlich knapp. Wie spät es wohl ist?

Wenn doch jetzt eine gute Fee käme. Sie würde meinen Fisch bewundern, sich das Grinsen verkneifen und dann mit zarter Stimme hauchen: »Du hast drei Wünsche frei.« Ich wüsste, was ich will: Zuerst einmal aus dem Fisch wieder eine Brit machen und damit mein Weiterleben ermöglichen. Sonst ergäben die übrigen Wünsche ja irgendwie auch keinen Sinn. Mein zweiter Wunsch liefe unter dem Motto »Ich will so bleiben, wie ich bin«. Wobei das »Bleiben, wie ich bin« sich auf mein Alter unterhalb der dreißig beziehen würde. Genau die Kraft, Ausdauer und Beweglichkeit von damals will ich zurück. Wie das klingt – »von damals«: Ist es nicht einfach nur schrecklich, dass man sich an seine Dreißiger erinnert, und es hört sich an, als fiele diese Zeit mit der Erfindung des Automobils zusammen?

Wenn ich so bleiben könnte, wie ich bin beziehungsweise damals war, was hätte ich plötzlich wieder für ein unglaubliches Mehr an Freizeit: kein Der-sportlichen-Ausdauer-Hinterherrennen mehr. Kein Haaretönen – und wenn, dann nur, wenn es statt Brünett mal Petrol sein soll. Und die Nächte könnte ich auch endlich wieder durchfeiern, ohne dass ich sie mit einem XXL-Mittagsschlaf an den Wochenenden – und zwar Samstag u n d Sonntag – ausgleichen müsste.

Mit dem verbleibenden dritten Wunsch könnte ich die Welt retten. Oder mir vielleicht doch lieber erst mal »immer Geld haben« wünschen? Ob die Fee mir sehr böse wäre, wenn ich nur an mich denke? Womöglich erwartet sie das ja von mir? Schließlich sagt sie ja »Du hast drei Wünsche frei«. Ist da »genug zu essen für alle« verpflichtend inklusive? Oder geht die Reinheit der Meere vor? Und was ist mit dem Waldsterben? Mist. Am liebsten würde ich mal googeln, welche zehn Tipps es fürs richtige Feen-Wünschen gibt. Kommt aber ebenso wenig infrage wie die Krankenkasse anrufen. Der Fisch weiß es zu verhindern.

Das Piepen meines zweiten Weckers, der im Schlafzimmer steht, reißt mich aus meinen feengleichen Gedanken. Jetzt weiß ich zumindest, was die frühe Stunde geschlagen hat: sechs Uhr. Ich weiß auch: Sofern zwischenzeitlich niemand auf die Ruhe-Taste drückt, würde sich in knapp zwei Minuten das derzeit noch sanfte Piepen in ein hysterisches Dauerpfeifen steigern.

Meine Nachbarn werden mich für die ohrenfreundliche Beschallung am Morgen lieben. Vielleicht klingeln sie nach zwanzig Minuten Dauerton auch langanhaltend an meiner Tür, um sich zu beschweren. Ich könnte es verstehen. Und weiß im gleichen Moment: Niemand wird ihnen öffnen. Mein Sohn nicht, weil er Geräusche um diese Zeit prinzipiell nicht hört. Und ich nicht aus bekanntem Grund. Bleibt nur meine Hoffnung, dass ich mich später einmal bei ihnen entschuldigen kann. Sofern ich Gelegenheit dazu bekomme.

Plötzlich flammt Licht im Flur auf. Für einen Moment schließe ich überrascht und geblendet die Augen. Als mein Sohn in der Tür steht, kann ich mein Glück kaum fassen. Ich frage erst gar nicht, was ihn aus dem Bett geholt hat.

Keine zwei Minuten später hat mich dank seiner Hilfe die Welt wieder: Mit noch steifem Genick und kribbelnden Armen und Händen, aber immerhin. Ich will nicht jammern.

Als ich am Abend den Wecker für den kommenden Tag stelle, reibe ich mir meinen Nacken und muss schmunzeln: 6 Uhr. Für einhundert Seilsprünge brauche ich nur ein paar Minuten. Auf Hund, Fisch und Co. verzichte ich erst einmal. Großzügigerweise.

Kommt Zeit, kommt Rat. Und irgendwann auch wieder Kraft und Ausdauer. Und dann? Will ich bleiben, wie ich bin. Man wird ja noch hoffen dürfen.

Nachwort

Die Geschichte geht mir irgendwo auf dem Weg zwischen saftigen Elbwiesen und heimischem Schreibtisch verloren. Sie tröpfelt weg wie Schokoladeneis in der Mittagssonne, unaufhaltsam, unausweichlich. Als ich nach gut einer halben Stunde endlich zu Hause ankomme, ist mein Kopf wie leergefegt.

Dabei wollte ich nur schnell zum Bäcker. Als ich die Wohnungstür hinter mir zuziehe, habe ich in der Hand vier Euro und meinen Schlüssel. Die Münzen will ich eintauschen gegen drei doppelte Brötchen und ein halbes Brot.

Erst vor der Tür beschließe ich, noch ein paar Schritte zu gehen, bevor ich den Bäcker ansteuere. Es fühlt sich gut an. Die bereits tief stehende Sonne wärmt mir abwechselnd Bauch und Rücken; ich begegne vor sich hin summenden Drittklässlern auf dem Heimweg, schwitzenden Joggern beim vorabendlichen Austoben und plaudernden Rentnern am Gartenzaun. Ich laufe und laufe, weil ich mich nicht sattsehen kann an all diesen Bildern in meinem Kiez.

Und plötzlich erscheint wie aus dem Nichts die Idee zu einer Geschichte. Erste Sätze formen sich in meinem Kopf. Mit jedem Schritt werden es mehr. Es fließt und fließt. Doch ich habe nichts dabei: weder Papier noch Stift noch Handy. Nicht einmal einen alten Kassenzettel, auf den ich ein paar Bruchstücke ritzen könnte. Ich mache kehrt und hoffe, dass die besten Zeilen bis zum Nachhausekommen bei mir bleiben. Sie bleiben nicht.

Seit jenem Nachmittag gehe ich ohne Stift und Notizbuch nur noch bis zum Briefkasten und zur Mülltonne. Denn gleich da draußen tobt das Leben – bunt, artenreich und immer gut für eine (Kurz-) Geschichte.

Nun sitze ich an diesem Wintertag an meinem Schreibtisch, verfasse ein Nachwort für mein zweites Buch – und schwanke zwischen Euphorie und Schreibblockade.

Euphorie, weil nur ein Jahr nach meinem Debüt »Grüße vom Sofa« mein zweites Buch auf den Weg kommt. Und Schreibblockade, weil ich es mit dem Danksagen ganz besonders gut machen will.

Am ehesten hilft wohl ein Blick zurück und hinter die Kulissen, so könnte ich auch Ihnen, liebe Leserinnen und Leser, nahebringen, wie viel Freude so ein Buchprojekt machen kann.

Mein erster Dank gilt ein weiteres Mal dem Saxo'Phon Verlag, der beim zweiten Buch wieder an meiner Seite ist, allen voran Romy Werner. Ihrer alsbaldigen charmanten wie hartnäckigen Nachfrage nach neuen Kurzgeschichten folgte ein äußerst kreativer Termin zur Findung des Buchtitels: Ausgerüstet mit Stift und Zettel und jeder Menge Stichpunkten, danke, Romy, für die beispielhafte Vorbereitung(!), saßen wir zur besten Besuchszeit mitten in der Betriebskantine und warfen uns, untermalt von lautstarkem Besteckklappern und Pausengesprächen, Titelvorschläge zu.

Und gerade weil wahrscheinlich keine von uns ganz ernsthaft mit einem Ergebnis zwischen Tagliatelle und Reissalat rechnete, wurde eine knappe halbe Stunde später ein Einfall geboren: »Vom Nichtstun und Bleibenlassen« … Gerüche, Geräusche und das wohltuende Bauchgefühl dieses Termins werden mir unvergessen bleiben!

Es war der gelungene kulinarisch-freudvolle Auftakt. Ihm folgten nur wenig später die gewohnt farbenfrohen, exakten und wohlwollenden Anmerkungen meiner überaus geschätzten Lektorin Dr. Evelyn Badaljan. Wer hätte gedacht, dass wir uns zum Schlusslektorat unabgesprochen vor einem leckeren Obst-Pralinen-Plätzchen-Buffet wiederfinden würden – unsere beiden Laptops einträchtig nebeneinander. Ich habe es genossen und danke von Herzen, liebe Frau Badaljan, für Ihre feinen Ideen und Anregungen ebenso wie für die feinen Petits Fours.

Man könnte meinen, es lag an der Winter-Weihnachts-Saison, in der Back- und Naschwerk ja immer nur eine Armlänge entfernt ist. Ich vermute allerdings, dass sich alle am Projekt Beteiligten ganz bewusst entschieden haben: nämlich unserer einmütigen Debüt-Zusammenarbeit dieses Mal genussvoll die Krone aufzusetzen! Ich fand es großartig.

Wie wunderbar, dass das erfahrene Team von Ö GRAFIK um Thomas Walther gestalterisch erneut Esprit auf Titel und Innenseiten gebracht hat. Wenn ich Bücher gestalten könnte, ich würde es so machen wollen wie Ihr! Danke von Herzen. Es wird Zeit, dass wir uns persönlich kennenlernen; die nächste Backmischung habe ich für Euch reserviert!

Vor gut einem Jahr fand an einem Abend im November meine erste Lesung im Dachcafé des Hauses der Presse statt. Ich vermute doch, das aufgeregte Klopfen meines Herzes war bis in die letzte Reihe zu hören, auch wenn das liebenswerte Publikum dies vehement verneinte. Meiner Verlagskollegin Constanze Günther habe ich es zu verdanken, dass nicht nur der erste Abend mit viel Herzblut organisiert war, sondern ihm weitere schöne Lesungen an verschiedenen Orten folgten. Danke Dir, Constanze – für Deine Impulse, Deine lieben Worte und das eine oder andere zur Stärkung gereichte Glas Rosé!

Jetzt brauche ich nur noch darauf zu warten, dass die verlorene Geschichte wieder bei mir anklopft. Und ich Notizbuch und Stift zücken kann. Denn aller guten Dinge sind ja bekanntlich drei.

In Vorfreude auf das nächste Buch grüßt Sie herzlich

Ihre
Brit Gloss
Dezember 2018

Weitere amüsante Fünfminutengeschichten
von Brit Gloss lesen Sie in

Brit Gloss

Grüße vom Sofa

FÜNFMINUTENGESCHICHTEN

ISBN 978-3-943444-70-4   www.editionsz.de

Leseprobe

Atemlos am Laufband

Gestern bin ich an einem Laufband außer Puste gekommen. An. Nicht auf einem. Ich war im Supermarkt. Nicht im Sportstudio. Ich habe lediglich meine Einkäufe aus aufgerundet fünfundzwanzig Artikeln vom Band im Einkaufswagen verstaut. Zu meiner Entschuldigung könnte ich vorbringen: Die Kassiererin war schnell. Sehr schnell. Ein Piep jagte sozusagen den nächsten. Trotzdem weiß ich: Auf der nach oben offenen Schnappatmungs-Skala kommt jetzt eigentlich nur noch Atemnot auf der fahrenden Rolltreppe. Wie hatte ich es so weit kommen lassen können?

Nun gut, ich weiß es nicht erst seit gestern: Bei meiner Ausdauer ist noch deutlich Luft nach oben. Regelmäßig werde ich auf dem Elberadweg von Radlern jedes Alters überholt. Obwohl auch ich mit dem Fahrrad unterwegs bin. Fahrend, wohlgemerkt. Die versteckten Akkus an den Rädern der anderen suche ich immer wieder vergebens. Auch wenn ich es gern glauben würde, es sind nicht die E-Bikes, die mich auf dem Radweg stehen lassen. Jedenfalls nicht nur. Es sind wohltrainierte Radler. Die beim fröhlichen Strampeln noch genügend Sauerstoff in der Lunge haben, um sich gut gelaunt über die Pläne fürs bevorstehende Wochenende zu unterhalten.

Ich hingegen habe maximal noch Ausdauer für innere Monologe. Die sich meist um zwei Themen drehen: Wieso herrscht eigentlich immer Wind von vorn, wenn ich auf dem Rad sitze? Der dann, wenn ich am Ende des Arbeitstages auf dem Rückweg bin und damit in die andere Richtung fahre, charmant gedreht hat und wieder von vorn kommt. Und warum war ich heute Morgen mit diesem windigen Wissen im Gepäck trotzdem nicht mit dem Auto gefahren?

Neulich zeigte eine sechsjährige süße Göre beim Bäcker mit dem Finger auf mich und fragte ihre Mutter: »Wieso ist die Frau so rot im Gesicht?« Ich kam gerade von der Arbeit und hatte dreißig Minuten Radfahren bei Gegenwind in den Knochen. Es fühlte sich an wie die Besteigung des Mount Everest. Und offenbar sah ich auch so aus. Die Mutter versuchte redlich, aber vergeblich, ihre grundehrliche Tochter mit Windbeuteln, Schokokeksen und Erdbeertörtchen von der vor ihr stehenden Leuchtboje abzulenken. Und fragte sich wahrscheinlich selbst im Stillen, warum diese in der Blüte ihres Lebens stehende Frau so kurzatmig und rostrotwangig war. Wenn es mal nur die Wangen gewesen wären.

Aber es ist auch nicht nur das Radfahren. Nein. Ich komme ins Hecheln, wenn ich einer Straßenbahn mehr als fünfzig Meter hinterherrennen muss. Ganz zu schweigen vom Treppensteigen, Schwimmen oder Inlineskatesfahren. Dabei zählte Sport früher zu meinen Lieblingsfächern, ließ man Bodenturnen mal außen vor. Keine Kletterstange zu hoch, keine Laufstrecke zu lang. Wann eigentlich hatte ich den sportlichen Anschluss verloren?

Vor gut zehn Monaten habe ich meine Mitgliedschaft im Sportstudio gekündigt. Mein Vertrag hatte sich nur wenig vorher um ein weiteres Jahr verlängert. Schön, dass zumindest das automatisch funktionierte. Meiner schlechten Kondition hatte die jahrelange Mitgliedschaft jedenfalls nichts anhaben können. Lag wohl daran, dass ich die Räumlichkeiten mehr so vom Vorbeigehen kannte. Die Monate vor der Kündigung pflegte ich dann auch nur noch eine Art stiller Mitgliedschaft. So still, dass ich mich erst gar nicht blicken ließ. Höchstens mal, um auf leisen Sohlen direkt in die Sauna zu tappen. Und zwar ohne dass ich mich vorher auf dem Laufband ins Schwitzen gebracht hatte. Wozu auch? Der Schweiß floss ja bei neunzig Grad und frischem Aufguss auch ganz ohne Bewegung. [...]

Biografie

Grit Bloß alias Brit Gloss, 1968 in Dresden geboren, hatte schon früh Spaß am Geschichtenerzählen. Nach dem Abitur studierte sie trotzdem erstmal etwas Handfestes und zog fürs Betriebswirtschafts-Studium nach Berlin. Nach Stationen bei der Deutschen Welle und der taz folgte sie Ende der Neunzigerjahre dem Ruf zurück nach Dresden und arbeitet aktuell in der Unternehmenskommunikation der DDV-Mediengruppe.

Impressum

© SAXO'Phon GmbH
Ostra-Allee 20, 01067 Dresden
www.saxophon-verlag.de
© Umschlagillustration www.oe-grafik.de

1. Auflage, Februar 2019
Autorin: Brit Gloss
Grafische Gestaltung: Thomas Walther, BBK
Satz: www.oe-grafik.de
Druck: Graspo CZ

FSC
www.fsc.org
FSC® C129172

Das Zeichen für
verantwortungsvolle
Waldwirtschaft

ISBN 978-3-943444-83-4